廣野由美子著

小説読解入門

『ミドルマーチ』教養講義

中央公論新社刊

まえがき

小説はいかに読めるか

本書は中公新書『批評理論入門』の姉妹篇である。構成は前者にならったが、本書では、新たな切り口から文学の内奥に迫っていく。

小説を深く読むには、小説テクストの仕組みを分析する方法を用いると、役立つ。もちろん、内容が重要なのは言うまでもないが、技法的側面からアプローチすると、小説からさらに多くのことを読み取るヒントが得られるからだ。前著の第I部では、「冒頭」から「結末」に至る一五項目を挙げて、小説の成り立ちについて解説した。本書の第I部では、さらに一五項目を取り上げて、小説の分析方法を示すことにしたい。

ただし、ひたすら小説の内側を眺めるばかりでは、テクスト偏重主義に傾くという弊を免れない。小説の外に存在するさまざまな批評理論を援用してみると、解釈の可能性が広がり、小説をとおしてまた新しい世界が見えてくる。そのため、前著の第II部では、多様な理論的アプローチを紹介することによって、小説の読み方を示した。しかし、小説の奥には、さらにもっと深く読み込むことができる鉱脈が横たわっているように思える。そこで、本書の第Ⅱ部では、〈教養〉という新たな観点から、より自由な読み方を探ってみたい。

というのも、小説をいかに読むかという方法を模索していくと、結局は、文学とは何かという問題に突き当たるからだ。文学とは、世界のさまざまな側面を、具体的な人間の在り方の実例をとおして示しつつ、読み手の心に染み込み、変革を促すものではないだろうか。したがって、文学には、人間の生きる力の土台を形成する作用が含まれているといっても過言ではない。

これは言い換えると、文学の機能が、真の意味での〈教養〉と密接に関わっているということを意味する。〈教養〉とは、「学問・芸術などにより人間性・知性を磨き高めること。また、そのことによって得られる知識や心の豊かさ」（『広辞苑』第七版）を指す。英語のcultureは、「精神・趣味・振る舞いなどの修練、発展、洗練。また、そのように修練され、洗練された状態。文化生活の知的側面」（『オックスフォード英語辞典』）と定義されている。つまり、〈教養〉とはたんなる装飾ではなく、本来、それを身につけることによって、人間を元の状態から一段高いステージへと引き上げ、それまでになかった力を帯びた新たな文化的状態へと変容させるものなのである。したがって、〈教養〉の素材となる学問や芸術などの諸分野は、ひとりの人間にとって、個々ばらばらに接ぎ木されるのではなく、ひとつにつながって総合的に発展して、血肉と化さなければ、生きた力とはならない。

そのような生きる力を培ってくれるものとして、ここで「物語の力」に着目したい。アメリカの哲学者・倫理学者マーサ・クレイヴン・ヌスバウム（一九四七〜　）は、多様な世界観や倫理学の真実のなかには、物語という形でしか表せないものがあり、物語は、哲学の抽象的で平板な言葉ではなしえないようなやり方で、人生における複雑なものや特殊なこと、微妙な陰影などを例証することができる、と指摘している（Nussbaum, pp.3-53）。

物語が例証することができるのは、もちろん倫理学だけに留まらない。社会・経済・心理をはじめ、世界や人間に関わるさまざまな領域の諸学が理論的に明らかにしようとしていることについて、物語は具体的なモデルを、私たちが切実に理解できるまで、真に迫った形で提示してくれる。のみならず物語は、諸学を個々ばらばらのものとしてではなく、根元の部分でつなぐ役割を果たす。そのように考えると、文学のジャンルのなかでも、ことに人間を描くことに主眼を置いた物語形式である小説は、〈教養〉を培ううえで、私たちに大きな力を与えてくれるものだと言えるだろう。

そこで、本書では、〈教養〉の諸部門のなかからいくつか項目を取り上げて、それぞれの観点から「人間とは何か」という問題が、小説のなかでいかに追究されているかを、具体的な実例を挙げながら示すことにしたい。そのねらいは、もちろん、小説を深く味わうためのひとつの方法論を提示することにある。

なぜ『ミドルマーチ』を読むのか

読み方の実例を示すにあたり、前著『批評理論入門』では、メアリ・シェリーの『フランケンシュタイン』一作に、材料を絞った。焦点を拡散させず、徹底的にひとつの作品に集中することによって、小説とは何かという問題を探究するというねらいは、今回も変わらないため、同様の方法を採用することにしたい。小説の語りの形式には、一人称形式と三人称形式があるが（物語世界のなかで登場する語り手が「私」と名乗る場合が一人称形式で、物語世界の外にいる「全知の語り手」が語る場合が三人称形式）、『フランケンシュタイン』は一人称小説であるため、今回は三人称小説を取り上げたい。

さて、〈教養〉について論じるさい、格好の材料となる作品は何だろうか？　イギリス小説のなかでは、ジョージ・エリオットの『ミドルマーチ』が、その最も有力な候補として挙げられるだろう。『フランケンシュタイン』の作者メアリ・シェリー（一七九七〜一八五一）は、生粋の教養人であるが、同じく一九世紀に活躍したイギリス女性作家ジョージ・エリオット（本名メアリ・アン・エヴァンズ、一八一九〜八〇）が、知的レベルという点で、メアリ・シェリーをも上回る力量の持ち主であることは、その経歴や業績の内容から判断できる。いや、エリオットは、イギリスの小説家のなかでも、学識において卓越しているという点で、屈指の作家とされているのである。

まず、エリオットの経歴をざっと紹介しておこう。彼女は、メアリ・シェリーのように有名人の家柄（メアリの父は政治学者ウィリアム・ゴドウィン〔一七五六～一八三六〕、母は女権拡張論者メアリ・ウルストンクラフト〔一七五九～九七〕）に生まれ育ったわけではない。エリオットはイングランド中部地方で、土地差配人の父と、地方の小地主の娘である母との間に生まれ、ごく平凡な家庭環境で育った。少女時代に寄宿学校で教育を受けるが、一六歳のとき母が病死したのちに帰郷し、病気がちの父親の看病をしながら、一三年間にわたり主婦として暮らす。しかし彼女は、当時の一般的な中産階級の女性のように、家庭生活のみに没頭することはなく、ギリシア語、ラテン語、イタリア語、フランス語、ドイツ語などの語学をはじめ、さまざまな分野の学問を、ほとんど独学で学んだ。父の引退をきっかけに転居したさい、近隣のチャールズ・ブレイ（一八一一～八四）の屋敷に集う懐疑論者や自由思想家たちとの交際が始まると、エリオットは、思想的に大きな影響を受けるようになる。知り合いからの依頼を受けて、エリオットがドイツの聖書批評家ダーフィト・フリードリヒ・シュトラウス（一八〇八～七四）の著書『イエスの生涯』（一八三五～三六）を英訳し、一八四六年に刊行していることからも、彼女の知的レベルが並外れていたことがうかがわれる。

一八四九年、父が死去したことをきっかけに、エリオットの世界はさらに広がり、一九世紀を代表する季刊誌『ウェストミンスター・レビュー』に数々の評論を発表し、その力量を買われた彼女は、編集者ジョン・チャップマンの補佐役に任命される。ジャーナリズムの世界で多くの知識人と交わるうちに、彼女は、文学・哲学・科学・音楽をはじめ広範な分野で活躍していた多才な人物ジョージ・ヘンリー・ルイス（一八一七～七八）と恋愛関係になる。ルイスには、長らく別居状態だった法律上の妻がいたため、エリオットは彼との正式な結婚がかなわなかったが、実質上の夫婦生活を始める。エリオットの文学的才能を高く評価していたルイスは、彼女に小説を書くことを勧め、生涯、よきパートナーとして、知的刺激や励ましを与えつつ、彼女の文学活動を支え続けた（ジョージ・エリオットという男名のペンネームが用いられた由来は明らかではないが、ルイスと同名のジョージを名乗ったという説もある）。こうしてエリオットは、八つの小説をはじめとする数多くの優れた作品を書き続け、世に発表することになったのである。

このように、自ら培った豊かな教養の力を土台にし、作家として大成したエリオットによって、その円熟期に書かれた代表作が、『ミドルマーチ――地方生活についての研究』（一八七一～七二年に、八回にわたり分冊刊行）なのである。一九世紀を舞台にしてさまざまな人間ドラマが絡み合う社会を描いた絵巻のようなこの作品は、まさに人間研究と呼ぶに相応しい広やかな視野と、鋭い分析、深い洞察を含んだ長編小説である。しばしばイギリス小説の最高峰とされ、世界文学としても名高いこの小説が、教養を論じるさいに適した題材となることは、明らかであろう。

以下、あらすじを紹介しておくが、これから作品を読む楽しみを残しておきたい方には、この部分を読み飛ばしていただくことをお勧めする。


【あらすじ】

冒頭は一八二九年。ドロシアとシーリアの姉妹は、地方都市ミドルマーチ近郊のティプトン屋敷で、独身の伯父ブルック氏と暮らしている。近所に住む准男爵サー・ジェイムズ・チェッタムは、ドロシアとの結婚を望んでいるが、自分の生き方を真剣に模索していたドロシアは、研究生活に没頭している三〇歳近く年上の牧師カソーボンとの結婚を決意する。新居となるローウィック屋敷を訪れたドロシアは、カソーボンの従弟（正確には、伯母の孫）であるという青年ウィル・ラディスローに会う。新婚旅行でローマに滞在中、ドロシアはラディスローに再会する。妻のことよりも研究を大切に考えている夫カソーボンに対して、ドロシアは忠誠を尽くしつつも失望し、次第にラディスローに惹かれていく。カソーボンの不毛な研究を軽蔑しているラディスローは、イギリスに戻ったら、従兄の経済的支援を断って、自立しようと決断する。

一方、若い野心的な医者リドゲイトが、ミドルマーチの社会に新しく加わる。彼は市長ヴィンシー氏の娘である美しいロザモンドに魅せられる。彼女の兄フレッドは、大学での勉学を怠って遊び暮らし、借金を重ねつつも、財産家の伯父ピーター・フェザストーン老人の遺産を当てにし、老人の世話役として雇われている幼馴染のメアリ・ガースとの結婚を望んでいた。

銀行家バルストロードは、慈善事業として新病院を建設し、リドゲイトを責任者として任命する。病院の礼拝堂付き牧師を決めるにあたり、リドゲイトは、友人フェアブラザー牧師ではなく、バルストロードが推している牧師タイクに投票することに、葛藤を覚える。

借金の返済ができなくなったフレッドは、メアリの父で、借金の保証人になってくれた土地差配人ケイレブ・ガースに、経済的な損失をもたらす。自らの失態に悩んだフレッドは病気で倒れる。ヴィンシー家の掛かりつけ医として、フレッドの治療に当たることになったリドゲイトは、ロザモンドと親密になっていく。

カソーボン夫妻が新居で生活を始めて間もなく、カソーボンは心臓発作で倒れ、研究生活が制限されるようになる。リドゲイトは、医学の研究に専念しようと決意したにもかかわらず、ふとしたはずみでロザモンドと婚約する。ドロシアの妹シーリアは、サー・ジェイムズと結婚する。

死の床にあったフェザストーン老人は、最新の遺言状を焼き捨てるようにとメアリに命じるが、彼女は自分に嫌疑がかかることを恐れて拒否する。フェザストーンの死後、葬儀に集まった一族は、老人の隠し子ジョシュア・リッグが全財産を相続すると知って、失望する。メアリは、自分が遺言状を焼き捨てなかったために、フレッドが遺産をもらい損なったことに責任を感じる。

カソーボンは、妻ドロシアとラディスローの関係を警戒する。政治的な野心を抱いていたブルック氏は、地方新聞の所有権を買い取り、ラディスローを編集者として雇って、政治活動に乗り出す。カソーボンは、従弟に、編集者の職に就くならば、自分の屋敷への出入りを禁じると申し渡すが、ラディスローはこれに反発する。

ケイレブ・ガースは、サー・ジェイムズとブルック氏から同時に所有地の管理を任されることになり、経済的苦境を脱する。フレッドは大学を卒業するが、父親の望みどおり牧師になることにためらいを覚え、ケイレブの下で働くことにする。牧師フェアブラザーは、密かにメアリを愛していたが、フレッドとメアリを結びつけるように力を貸す。

カソーボンは、自分が死んだあと、自分の遺志に従ってほしいと、妻に頼む。はじめは拒否したドロシアだったが、夫の意に従おうと思い直した矢先に、カソーボンは急死する。カソーボンの遺言書には、補足条項として、ドロシアがラディスローと再婚した場合、彼女は財産権を失うことになると記されていた。夫のさもしい正体を知って幻滅したドロシアは、新病院を支援したり、フェアブラザーをカソーボンの後任牧師に任命したりするなど、実務に没頭する。選挙運動で自らの無能さを晒したブルック氏は、政治から手を引くことにする。ラディスローは、未亡人ドロシアとの再婚を期待していると疑われることを避けて、彼女と距離を保とうとする。

銀行家バルストロードは、フェザストーン老人の後継ぎリッグから、ストーンコート屋敷を買い取る。リッグの義父ラッフルズは、ストーンコート屋敷を訪れ、過去の知り合いバルストロードと再会する。バルストロードは、ヴィンシー氏の妹ハリエットと再婚する以前に、不法な商売を行っていた財産家の死後、その未亡人と結婚して事業を引き継ぎ、さらに、未亡人の娘の財産を密かに着服して、財力を貯えたという過去を隠していた。この秘密を知っていたラッフルズは、バルストロードを恐喝する。

リドゲイトは、贅沢な妻ロザモンドのせいで借金に追われ、結婚生活が次第に破綻していく。ロザモンドは流産し、夫に対する態度を硬化させる。リドゲイトは、バルストロードに経済的援助を求めるが、拒絶される。ラッフルズは体調を崩し、ケイレブ・ガースに道端で発見されて、ストーンコートへ運ばれる。バルストロードはリドゲイトを呼んで、ラッフルズの往診を依頼し、医者を味方につけておこうとして、借金を払うための小切手をリドゲイトに与える。リドゲイトは、病人の看病の方法について、詳細な指示をバルストロードに与える。バルストロードが、医者の指示の一部を家政婦に伝えなかったことが引き金となって、ラッフルズは死亡する。

バルストロードは脅迫から解放されて安堵するが、すでにラッフルズが銀行家の過去の秘密を漏らしていたために、噂がミドルマーチ中に流れる。その結果、バルストロードの評判は地に落ち、リドゲイトも彼から賄賂を受け取ったという疑惑を受けて、悪評に巻き込まれる。バルストロードは妻ハリエットとともにミドルマーチを去る。ハリエットが甥フレッドに、ストーンコート屋敷の管理を託したことにより、フレッドとメアリの結婚への道が開かれる。

ドロシアはリドゲイトの名誉回復のために奔走し、彼を支援する。リドゲイトはロザモンドとともにミドルマーチを去り、ロンドンに移転して開業医として生きていく。ラディスローがミドルマーチに戻って来て、ドロシアと再会し、二人は互いに愛し合っていることを確認する。ドロシアは周囲の反対を押しきって、ローウィック屋敷の相続を断念し、ラディスローと再婚する。夫婦はロンドンに移って家庭生活を始め、ラディスローは国会議員になり、ドロシアは妻として母として献身的に生きる。

【※登場人物のつながりについては、廣野訳『ミドルマーチ 3』収録の「読書ガイド1」に掲載された人物相関図を参照のこと。】

小説読解入門◎目次

II 小説読解篇 123

小説読解入門——『ミドルマーチ』教養講義

『ミドルマーチ』の作者、ジョージ・エリオット

I　小説技法篇

1 プロローグ prologue

序文・プロローグ・冒頭

小説の頭に「序文」を付ける作家が、時々いる。これは、作者の立場から、創作事情や作品の内容、意図などについて説明を加えようとしたものである。ただし、これを述べているのは、作品の「語り手」ではなく、あくまでも、実在の人物たる作家である。したがって、これは作品の一部を占めていない。小説の世界の外側で述べられたものだという点では、宣伝文と同じようなものにすぎない。

小説は、通常、「冒頭」から始まる（冒頭については、前著『批評理論入門』の「Ⅰ小説技法篇」の項目1で解説したので、その箇所を参照していただきたい。今後は、このような場合〔↓前著Ⅰ—1　冒頭〕と表記する）。しかし、「冒頭」の前に「プロローグ」を置く作家がいる。これは、作品世界の内部に含まれるものとして、位置づけられる。「プロローグ」とは、本来、演劇用語であり、劇の開始に先立って、作品の内容や作者の意図などについて行う前口上のことをいう。小説で「プロローグ」を置く作家は、たいてい技巧的な意識の強い作家である。物語から一歩外に出て、全体を見渡し、前置きをひと言述べておこうという態度を取っているわけだから、自作品の意図に対する意識が先鋭だということだろう。

しかし、技巧性が表に出ると、えてして難解になりがちである。だから、実際には、「プロローグ」を読み飛ばしてしまう読者も少なくないだろう。しかし、作品を読み終えて全体を見渡したあと、もう一度この「プロローグ」に戻ってみると、最初に目にしたときとは違った味わいが出てくるのではないだろうか。

たとえば、エリオットと同時代のアメリカ作家ナサニエル・ホーソン（一八〇四～六四）の小説『緋文字（ひもんじ）』（一八五〇）の場合、「税関」（"The Custom-House: Introductory to *The Scarlet Letter*"）と題するまえがきが「プロローグ」の役割を果たしているが、これは異常に長く、しかもつかみどころのないスケッチ風の文章である。本編の物語は、作者の時代より二百年余り前に設定され、三人称形式で語られているのに対し、この「プロローグ」は、執筆の現時点に設定され、「私」という一人称形式で語られていて、一見作者自身の言のように見える。たしかに、「私」がセイラムの税関に勤務していて、政治的立場のために職場を追われたというような事情は、ホーソンの伝記的事情とも一致する。しかし、税関のある部屋で羊皮紙の包みを発見し、そのなかから出てきた緋色のぼろきれと、かつての検査官の書いた記録をもとに、物語を書いたという内容は、架空の設定のようにも思える。大文字のAを象（かたど）った緋色の布が、焼けるように熱く感じられ、「私」が身震いしたというエピソードは、胸に緋色の文字を付けた女主人公ヘスターの物語をこれから始めるための、導入の役割を果たしているのである。

プレリュード

『ミドルマーチ』にも、「プロローグ」が置かれているが、音楽用語の「プレリュード」（前奏曲）と名づけられている。「プレリュード」は次のような書き出しから始まる。

人間の歴史とは何か？　いろいろな要素が入り混じった人間という得体の知れない存在が、さまざまな時の試練を経ていかに振る舞うか？　こういう問題に関心のある人なら、聖テレサの生涯について、いかばかりか考えさせられるところがあるのではないか。

「聖テレサ」とは、一六世紀のスペインのキリスト教神秘家、アビラのテレサ（一五一五〜八二）である。子供のころから殉教者を目指していたという有名なエピソードがあり、叙事詩で歌い上げられるような人生を歩みたいという願いに目覚めていた彼女は、教団を改革し、修道院を設立することによって、自分の目的を達成した。

しかし、「それ以降も多くのテレサが生まれたが、彼女たちの歩んだ人生は、名声が響きわたるようなことが次々と展開する叙事詩的なものではなかった。せっかく気高い精神を持っていても、それを生かす機会に恵まれなかった結果、ただの間違いだらけの人生になってしまったのだ」と、語りは続く。これを読めば、読者は、これから始まるのは、ひとりの〈後世に生まれたテレサ〉の物語なのだろうと予想する。その女主人公は、気高い精神を持っているのだが、新しい時代であるゆえに、社会の諸条件がそろわず、機会にも恵まれず、「間違いだらけの人生」を歩むのではないか、という予感も覚えるだろう。

そして、ページを繰ると、冒頭部分は「ミス・ブルックは、質素な服に身を包んでいたほうが目立つようなタイプの美人だった」という一文から始まる。「質素な服」からは、修道女のイメージが浮かぶ。したがって、このミス・ブルックなる人物が女主人公で、〈後世のテレサ〉なのだろうという推測が働くわけだ。

ところで、この作品の題名は『ミドルマーチ――地方生活についての研究』である。ミドルマーチとは物語の舞台となる架空の地方都市の名前で、タイトルからも想像できるように、これはただひとりの女主人公の物語ではなく、ミドルマーチのさまざまな人々のストーリーが織り合されたスケールの大きな作品なのだ。読者は物語を読み進めるうちに、主要人物が複数いること、とりわけミドルマーチの新参者として登場したリドゲイトという医者が、重要な人物であることに気づくことになる。

ここで、作品の執筆事情に触れておく。エリオットは本来、医者リドゲイトを主人公とする地方都市「ミドルマーチ」の物語と、ドロシアを女主人公とする物語「ミス・ブルック」とを、別々の作品として構想し、異なった時期に書き始めていたのだが、途中で行き詰まり、執筆を中断する。そこで、いったん他の詩作品を書くことにするのだが、それを完成した時点で、「ミドルマーチ」と「ミス・ブルック」とをひとつの小説として統合することに計画を変更し、一気に『ミドルマーチ』を書き上げたのだ（廣野「「沈黙の彼方」より」三九－四〇頁）。

ということは、より包括的な物語へと構想を拡大したとき、エリオットは二つの物語の間に本質的な関連があることに気づいたに違いない。したがって、「プレリュード」に掲げられた〈後世に生まれたテレサ〉の主題は、たんにミス・ブルック（ドロシア）の物語だけではなく、作品全体を貫く統一テーマであると考えられる。男性であるリドゲイトの物語もまた、同じ主題の変奏であるとすれば、それは、新しい時代に、世の役に立とうと、自分の人生を捧げることを熱烈に求めるヒロイズムのテーマかもしれない。

しかし、「プレリュード」は次のように結ばれ、語り手の口調は暗い。

そしてあちこちで、聖テレサは生まれるが、何も形にならずじまいになっている。手の届かない良きものを恋い求めて、胸を高鳴らせ、むせび泣きつつも、歴史の記憶に残るような行いに集中することもないまま、いずれ障害物にぶつかって、すべてが空しく消えていくのだ。

では、ドロシアだけでなく、ほかの熱意ある人々もまた、何らかの「障害物」にぶつかって、何も形にできずじまいになってしまうのだろうか？　しかし、「プレリュード」に含まれたメッセージは曖昧で、作者がヒロイズムに対していかなる立場を取っているのかは、にわかに判断しがたい。「プレリュード」すなわち「プロローグ」とは、結論まで暴露してしまうものではない。それは、読者に謎をかける。あるいは、思わせぶりにじらせる。だから、私たちは次のページを繰って、物語冒頭を読み始めるのである。

2 題辞 epigraph

巻頭の題辞

「題辞」とは、書物の巻頭や章のはじめに記される句や詩、引用などで、作品あるいは章全体に及ぶテーマを投げかけるという文学的効果をねらったものである。たとえば、エリオットと同時代のロシア作家ドストエフスキー（一八二一〜八一）の『カラマーゾフの兄弟』（一八七九〜八〇）の巻頭には、次のような聖書からの一句が題辞として添えられている。

確かに言っておく。一粒の麦が地に落ちて死ななければ、一粒のままだ。しかし、死ねば、それは豊かな実を結ぶ。（ヨハネによる福音書、一二章二四節）

これはイエスが弟子たちに向かって、地上での生命を捨てる覚悟を迫って述べた言葉である。この題辞を目にした読者は、長大な作品を前にして、次のような疑問を思い浮かべるだろう——誰が「一粒の麦」として生き、死ぬのか？　死ぬことによってどのような実を結ぼうとするのか？　そして、この作品が、人間と神の関係をはらんだ壮大な物語であることが、漠然と感じられるのである。

メアリ・シェリーの『フランケンシュタイン』の巻頭には、題辞として、次のような、ジョン・ミルトン（一六〇八～七四）の『失楽園』（一六六七）からの引用が掲げられている。

創造主よ、私は、土くれから人間の形にしてくださいと、
あなたに頼みましたか？
暗闇から私を導き出してくださいと、
あなたに懇願したでしょうか？（第一〇巻七四三―四五）

この言葉は、楽園から追放されたアダムの嘆きの言葉の一部である。これを目にしたとき、読者は次のような疑問を抱く――これから読む物語のなかで、アダムの立場に立ってこういう訴えをするのは、誰なのだろうか？　そして、『フランケンシュタイン』を読み進めるうちに、私たちは、アダムの立場に置かれているのが怪物だということに気づく。これは科学者フランケンシュタインが、人造人間を創ろうとして失敗し、怪物をこの世に産み落としてしまうという物語であるからだ。ということは、怪物にとってフランケンシュタインは、創造主であり、神でもあったわけである。作者メアリ・シェリーは、この題辞を添えることによって、自分はミルトンの『失楽園』を下敷きにしているのだということを読者に示し、自

作品が古典作品と「間テクスト性」〔→前著I―13 間テクスト性〕があることを暗示している。つまり、これはたんなる恐怖小説ではないから、表面的な読みで終わらせないでほしいという作者の気持ちの表明である。それは、怪物の訴えにも、耳を傾けてよく聞いてほしいというメッセージでもあると言えるだろう。

章頭の題辞

『ミドルマーチ』では、作品のはじめに題辞がないが、各章に題辞が掲げられている（廣野訳『ミドルマーチ1』読書ガイド8）。この作品は、八六章からなるため、全部で八六の題辞が含まれているわけである。古くは中世のジェフリー・チョーサー（一三四〇頃〜一四〇〇）にまで遡り、さまざまな古典作品が引用される。多くは英文学からの引用であるが、なかにはスペイン、フランス、ドイツ、イタリアなど外国の文献も含まれる。出典を付記していない題辞は、エリオット自身が創作した格言や詩などである。いずれも、その章の物語の内容と何らかの関連があり、題辞と章の内容が響き合うような文学的効果を生み出している。

第1章の題辞では、一七世紀の劇作家フランシス・ボーモントとジョン・フレッチャーの合作『乙女の悲劇』（一六一九）から、次のような言葉が引用される。

女であるゆえに、立派なことができないので、
いつも、手近にあるものを求めるのです。

そして、冒頭からブルック家の長女ドロシアが登場し、まだ二〇歳にもなっていない彼女が、信心深く熱烈な性質の女性であることが紹介される。語り手はこう説明する――「では、ドロシアは、なぜ結婚しないのだろう？ 美人で、しかも財産もあるのに。結婚を妨げているのは、まさしく、本人が極端なことを好み、自分の捉われた考えにそって生活を律したがっていることにほかならない」（第1章）。語り手のこの解説と、題辞の言葉が響き合い、冒頭早々、こういう人物像が浮び上がってくる。通常なら、結婚のことを考える年頃なのに、自分の捉われた考えによって、ことさら立派なことや極端なことをしたがるが、女の身では手近にあるものに手を出すしかなく、結果的には愚かな振る舞いになってしまう人物のようだと。

引き続き、第2章の題辞では、スペインの作家セルバンテス（一五四七～一六一六）の『ドン・キホーテ』（第1部一六〇五年、第2部一六一五年）から、ドン・キホーテと、お供のサンチョ・パンサの次のような会話が引用される。

「連銭葦毛（れんぜんあしげ）の馬にまたがり、黄金の兜（かぶと）を頂いた騎士が、われらのほうにやって来るのが、そなたには見えぬのか？」「手前と同じ灰色のろばに乗って、頭に何か光るものをかぶっている男しか、見えませんが」サンチョは答えた。「そのとおり」とドン・キホーテは頷く。「あのきらめくものは、マンブリーノの兜なのじゃ」

これは、向こうから、床屋が雨をよけるために、頭に金だらいをかぶってやって来るのを見たときの、二人の反応を示したものである。現実主義者サンチョ・パンサは、現実をありのままに受けとめているが、夢想家ドン・キホーテのほうは、イタリアの詩人アリオスト（一四七四〜一五三三）の『狂えるオルランド』（一五一六）に登場するムーア人の王マンブリーノが所有していた魔法の金の兜をかぶった騎士が近づいて来たというように、勘違いする。この章でドロシアは、伯父ブルック氏が晩餐（ばんさん）に招待したカソーボン氏に、初めて出会う。学者らしい風貌のこの初老の男性から、神話の研究に打ち込んでいるという話を聞くと、彼女はたちまち「立派な精神」の持ち主だと思い込む。この題辞では、本から得た片寄った知識をもとに、空想の世界に浸って、現実を美化しがちなドロシアが、ドン・キホーテに重ね合わされていることが暗示されている。では、サンチョ・パンサ役は誰か？　カソーボンが帰宅したあと、ブルック姉妹は会話を交わす。妹シーリアは、カソーボンの顔色が悪く、見栄えがしないという感想を漏らし、彼が「立派な精神」の持ち主であるという姉の判断に疑問を差し向ける。彼女は、のぼせあがった姉に冷や水を浴びせるように、カソーボンには「毛の生えた白いあざが二つ」あることまで指摘する。語り手によって、姉ほど頭がよくないが「常識のある」女性として紹介されているシーリアは、お供役として、ドロシアを現実に目覚めさせるサンチョ・パンサ的な役割を担っていると言えるだろう。ちなみに「マンブリーノの兜」とは、かぶった者の姿を見えなくする魔法の兜である。したがって、カソーボンが、ドロシアの目には、すばらしい「金の兜」のように錯覚されるが、実は「床屋の金だらい」にすぎないこと――つまり、学者としての彼の才能が平凡で無価値であることが、彼の登場早々に暗示されているのである。

作品の終盤近い第79章の題辞では、ジョン・バニヤン（一六二八～八八）の『天路歴程』第1部（一六七八）から、次のような一節が引用されている。

さて、夢のなかで私は、彼らが話し終えたとき、ぬかるみのすぐそばまで近づいているのに気づいた。平原の真ん中に、沼地があったのだ。彼らは不注意だったので、突然、二人とも沼に落ちた。それは落胆という名の沼だった。

『天路歴程』は、主人公クリスチャンが「破滅の町」から巡礼に出て、さまざまな苦難を経て「天都」に到達するまでの旅の道筋を描いた寓意物語である。引用の場面は、クリスチャンとプライアブルの二人（それぞれ「キリスト教徒」と「柔順」を寓意化した人物）が、いまだ疑いや恐怖、誘惑などさまざまな感情を引きずった罪のある状態ゆえに、「落胆の沼」に落ちて沈みかけてしまう場面である。『ミドルマーチ』のこの章で、「沼」に沈みかける「二人」とは、リドゲイトとウィル・ラディスローである。リドゲイトは、ロザモンドとの結婚生活による経済的行き詰まりの末に、犯罪にまつわる疑惑に巻き込まれ、ミドルマーチから出て行かざるをえないところにまで、沈み堕ちる。ラディスローのほうは、ロザモンドから悩みを打ち明けられ、ミドルマーチから出て行くように夫に勧めてほしいと涙ながらに頼み込まれていた現場を、ドロシアに目撃され、ロザモンドとの関係を疑われてしまう。ドロシアの愛を失ってしまったと落胆するラディスローは、「あたかも魔法のパノラマのなかに、未来を見ているような気がした。そこには、滑り落ちるように、喜びもなくロンドンの環境のなかでロザモンドに会うという小さな誘惑に引き込まれていく自分の姿があった。それは、たった一度の重大な勝負に賭けて敗れるよりも、ずっとありふれた破滅への道だった」とある。二人の男たちは、ロザモンドという魅惑的な女性との関わりを深めていくうちに、知らず知らずのうちに「危険な崖っ縁」に近づいてしまい、「哀れなリドゲイトは、その縁に立って、内心、うめき苦しんでいた。そしてウィルは、そこに立ち入りかけていた」（第79章）のだ。

このように、各章の題辞と章の内容との間には、何らかの関わりがあり、テーマの共通性によって呼応し合ったり、アイロニーを投げかけたりするなど、さまざまな文学的効果が生じるのである。

3 語り手の介入 narrative intrusion

三人称の（全知の）語り手　third-person (omniscient) narrator

小説には、一人称形式と三人称形式がある。「語り手」〔↓前著Ⅰ―3　語り手〕が物語の登場人物のひとりで、「私」と名乗る場合が一人称形式。物語世界の外側にいる「全知の語り手」が、内側にいる登場人物を彼・彼女等と指し示しながら語る場合が三人称形式である。

一人称形式の語り手は、登場人物が担っているので、もちろんその性質は作品によって千差万別である。前著で例示したとおり、『フランケンシュタイン』の場合は、ウォルトン、フランケンシュタイン、怪物という複数の語り手が存在し、枠組み構造を形成していた。

では、三人称形式の「全知の語り手」は一様かというと、そういうわけではない。作品によって、その性質はさまざまである。全知の語り手が自分のことを「私」と名乗って自己主張し、一人称形式と紛らわしい場合もある。全知の知識を存分に披露するタイプもあれば、意図的に知識を制限して示すタイプもある。

介入する語り手／介入しない語り手　intrusive narrator/ unintrusive narrator

全知の語り手の特色のひとつとして、物語に介入するかしないかという観点からの区別がある。あくまで中立的で客観的立場に留まり、読者に対して読みの方向性を規定しようとしないのが、「介入しない語り手」である。この方法を徹底して推し進めた作家に、エリオットと同時代のフランス作家ギュスターヴ・フロベール（一八二一～八〇）や、アメリカの作家ヘンリー・ジェイムズ（一八四三～一九一六）などがいる（ジェイムズがエリオットから少なからぬ影響を受けたことについては、廣野訳『ミドルマーチ 4』読書ガイド5を参照）。彼らは、語り手の存在を物語から滅却することを、美学的観点から、小説の規範とすべきであると主張した。

それに対して、「介入する語り手」は、物語の世界のなかの出来事や人物の言動について語るだけではなく、コメントを加えたり、読み方を指示したり、物語との関係のあるなしにかかわらず、自分の思索を披露したりする。一八世紀の小説家ヘンリー・フィールディング（一七〇七〜五四）に遡り、一九世紀には、ウィリアム・メークピース・サッカレー（一八一一〜六三）、チャールズ・ディケンズ（一八一二〜七〇）、ジョージ・エリオットをはじめとする多くの小説家たちの作品において、このようなスタイルを取る語り手が見られる。

晩年のジェイムズと知り合い、その信奉者となったイギリスの批評家パーシー・ラボック（一八七九〜一九六五）は、『小説の技術』（一九二一）において、小説技法史を三段階に分ける。第一は、全知の語り手が読者との親密な関係を保ちながら出来事を配列し、注釈を与えるもので、サッカレーに代表される旧来の手法。第二に、全知の作者の個性を作品の表面に表すことを避けて、人物や場面を直接読者に示そうとする試みが出現する。フロベールが『ボヴァリー夫人』（一八五七）において実践した方法がその代表例である。第三の段階として現れたのが、ひとりの作中人物の意識に視点を置く方法。ヘンリー・ジェイムズは『使者たち』（一九〇三）をはじめとする後期作品においてこれを試み、小説の表現の可能性を拡大した。以上のようにラボックは、視点の客観化を目指す方向を発展的に捉える。このような流れのなかで見ると、エリオットのくみする「介入する語り」は、いたって前近代的な手法であるということになる。ラボックは一九二〇年代の小説理論の主流を形成した。しかし、ジェイムズの技法を頂点に祭り上げて、それから逸脱した方法を一段劣ったものとするその見方は、あまりにも片寄っているという難を免れず、二〇世紀に活躍したイギリスのE・M・フォースター（一八七九～一九七〇）、ヴァージニア・ウルフ（一八八二～一九四一）、グレアム・グリーン（一九〇四～九一）などの作家たちは、ラボックを手厳しく批判した。また、アメリカの批評家ウェイン・C・ブース（一九二一～二〇〇五）は『小説の修辞学』（一九六一）において、ラボックのドグマチズムに反撃し、作者が修辞学的な効果によって読者に訴えかける伝統的な方法を、ひとつの効果的なレトリックと見なし、その復権を主張した。実際、介入する語り手は、決して消滅することはなかった。現代のメタフィクション［↓前著I―14「メタフィクション」］や、ポストモダニズム（前衛的な実験を行ったモダニズムが支配的だったあとに続く、一九八〇年代以降の文化・文学の様式を指し、近代主義を越えようとする傾向が見られる）の作品でも、介入する語り手が活躍する作品は少なくないのである。

多様な介入方法

さて、『ミドルマーチ』の語り手は、自らが「介入する語り手」であるという方針を、次のように明らかにしている。

ひとりの偉大な物語作家がいる。彼は自分のことを、「ヒストリアン」と呼ぶように主張した。彼は幸い、百二十年も前に死んだので、いまや巨大な人物のひとりに数えられている。その巨像の足元で、ちょこちょこ歩いている現世の私たちは、いかにも小さい存在だ。彼は本筋から逸れて饒舌（じょうぜつ）に語る独自の方法を、他の追随を許さぬ技として誇っていた。とりわけ彼が得意としたのは、次の物語へと続く各巻の最初の章で、あたかも舞台の前に肘掛椅子を持ち込んで、見事な英語を使い、ゆったりと構えて私たちとおしゃべりするかのような箇所である。しかし、このフィールディングなる人物が生きていたのは、もっと日が長い時代で（私たちは必要とあらば、時間も金と同じように計るのだから）、夏の午後はいつまでも終わらず、冬の夜には時計がゆっくりと時を刻んでいた。（第15章）

ここで語り手は、三人称形式を用いた先輩作家としてフィールディングを挙げ、謙遜するポーズを見せる一方で、この大作家の系譜上に自らを位置づける自負も示している。「遅れて生まれてきた私たち物語作家たち」は、フィールディングの真似をしているわけにはいかないので、「いくつかの人間の運命の糸をほぐして、それがどのように編まれ、織り合わされているかを調べる仕事」に集中したいと、語り手は引き続き述べる。しかし、その語り自体が、本筋から逸れた、いかにも饒舌な介入口調であることを、自ずと露呈している。『ミドルマーチ』では、登場人物の会話が直接話法で述べられている部分以外、つまり、「地」の部分では、至るところで語り手が介入しているといっても過言ではない。語り手は頻繁に介入するばかりではなく、その介入の仕方も多様である。ここでは、ひとつの章を例にとって、語り手の介入の仕方を具体的に見てみよう。

第29章は、カソーボン氏とドロシアが、ローマでの新婚旅行を終えて、新居ローウィック屋敷に戻り、家庭生活を始めて間もない箇所である。

ローウィックに帰り着いてから何週間かたったある朝、ドロシアは――しかし、なぜいつもドロシアの話ばかりなのだろうか？　この結婚については、ドロシアの側の視点からしか見ることができないのだろうか？　煩わしい目に遭っても生き生きと輝く肌を持った若い人たちばかりに興味を持ち、理解しようとする態度に対して、私は異議を唱えたい。若い肌だって、いつかは色褪せるのだ。そして、いまは無視しようとしていても、やがて年を重ねていくにつれて味わう、心をむしばむような悲しみを、若い人もいつかは知ることになるのだ。カソーボン氏のまばたきや白いあざを、シーリアは毛嫌いし、彼の身体の曲線が男性的でないといって、サー・ジェイムズはそれが道徳的な欠陥であるかのように非難する。とはいえ、カソーボン氏にだって、強烈な意識はあり、私たちと同様、心が飢えることはあったのだ。結婚したからといって、彼だけ特別なことをしたわけではない。社会的に容認された、花輪や花束を飾る機会を得ただけのことだ。結婚する気があるなら、これ以上先に延ばすのはよくないように、彼には思えた。

語り手は、年齢差の大きなこの結婚について、妻ドロシアの側の視点から、夫カソーボン氏の側の視点へと切り替えて見るという叙述方針を、打ち出す。若い人間中心のものの見方に片寄ることに対して、「私は異議を唱えたい」と、語り手自身の見解を述べて、誰だっていつかは年をとるのだと、読者に向かって言い聞かせる。「やがて年を重ねていくにつれて味わう、心をむしばむような悲しみ」を、語り手はある程度実感として知っているような様子である。そして、カソーボンがどのような心理状態で結婚するに至ったかを解説する。結婚するなら、もうそろそろ年齢的に限界かと思っていたところ、たまたま条件のそろった若い女性に出会ったので、人並みに結婚したかったというわけである。

このあと、語り手の解説はさらに続く。後継ぎの子供もほしかったが、「子供どころか、彼は自分の著書『全神話解読』すらまだ産み出せていないのだ」と、語り手は皮肉をこめつつ切り込む。そして、カソーボンの心の秘密を暴露する。彼には、長年かけて続けてきた研究を著書としてまとめたいという宿願があり、もう本の題名も決まっていたのだが、それがいまだ果たせないことを悩んでいたのである。では、なぜカソーボンには本が書けないのかという理由を、語り手は次のように分析する。

カソーボン氏は、肉体的にたくましかったことはないし、彼の心は敏感ではあっても、熱烈ではない。我を忘れて熱烈な喜びを感じるほどわくわくするには、元気がなさすぎた。彼の精神は、沼地で孵化(ふか)した鳥のように、翼があるとは思っても、飛べないまま羽ばたき続けている。憐れみを受けることからしりごみし、自分の心の内を知られることを何よりも恐れるというような、情けない経験しかしたことがなかった。その精神は繊細ではあっても、高慢で狭量で、共感へと変化するほどの度量がない。細々とした流れのなかで糸のように震えながら、自分のことだけに囚われ、せいぜい利己的な注意を凝らすことしかできない。

彼は、著書を書くために不可欠のエネルギーに欠けていたのである。しかし、高慢で狭量な性格のために、自分の弱みを他人に知られることを、極度に恐れている。このように、語り手はカソーボンの力量と性格と心理の相互関係を洞察する。とりわけエリオットは比喩的表現が巧みな作家である。「沼地で孵化した鳥」の譬(たと)えは、カソーボンの状況を鮮やかなイメージとともに浮かび上がらせる。
カソーボンは細々(ほそぼそ)と小論文は書いているのだが、それさえも、他の学者たちから無価値だとけなされないかと、ひやひやしている。そこでまた、語り手は次のように介入を続ける。

私としては、彼に大いに同情する。何と言っても、居心地の悪い運命だろうから。世に言う高い学識を持ちながら、人生を楽しむことができないとは。せっかくすばらしい人生の光景を目の前にしているのに、飢えて震える小さな自分から解放されることがないとは。栄光を目にしていても、それに夢中になることができないとは。自分の意識を、生き生きとした思想や強烈な情熱、精力的な行動などに喜んで変えることができず、学問があっても霊感がなく、野心はあっても臆病で、用心深くはあってもぼんやりとしか見えないというのでは、さぞ不安だろう。

語り手は、「彼に大いに同情する」と、自分の感想を述べたうえで、彼の心理に分け入っていくのだ。このあと引き続き、語り手が古代ギリシア人の言を借りて、「大きな仮面の奥では、いつもどおり貧弱な小さな目が覗いているはずだし、拡声器の背後では、臆病な唇が多少とも震えているにちがいないのだ」と表現するとき、卑小なカソーボンの歪んだ表情が、読者の脳裏には浮かんでくるのである。

結婚をしてみたものの、カソーボンにとって、研究の悩みの慰めにはならなかった。「彼は結婚前から早くも、この新しい幸福が、自分にとってはさほど喜びに満ちたものではないことに気づいて、新たな憂鬱に陥ってしまったのである。気持ちのうえでは、以前の気楽な習慣に戻りたいというのが、本心だった」と、語り手は彼の心情を解説する。こうして、カソーボンにとって結婚生活が次第に負担となり、新たな脅威として目の前に立ちはだかることになっていく経緯が、語り手の導きによって、読者にも理解できるようになるのである。

このように、『ミドルマーチ』の全知の語り手は、叙述方針を示したり、自身の感想や見解を述べたり、登場人物の心理に侵入して分析したり、解説したり、読者を誘導したり、さまざまな思索を展開したりするなど、多様な方法で物語に介入してくるのである。

4 パノラマ panorama

ヘンリー・ジェイムズは、一八七三年、無署名で『ミドルマーチ』の書評を発表した（アメリカの雑誌『ギャラクシー』に掲載）。若きアメリカ作家ジェイムズは、イギリスの大作家に対していささか気負い立った態度で、「『ミドルマーチ』は細部の宝庫である。しかし、全体としてはまとまりがない」と述べ、この作品が「散漫」で「集中」を欠いていることを批判した。その一方で、「エリオットの小説はひとつの画面である。数々のエピソード、生き生きとしたイメージ、隠れた技、輝かしい表現などで溢れた、広やかな深い色合いの画面である」とも評している。そして彼は、「エリオットの小説は、たしかにコンパクトではない。しかし、いったいいつパノラマがコンパクトでありえただろうか？」(James, pp.485-86) と自問し、このような広い世界を統合する全知の視点が不可欠であることを、結局は認めているのである。

ここでジェイムズが指摘した「パノラマ」あるいは「画面」という特質に着目してみよう。この概念について、先に挙げたラボックは『小説の技術』において、さらに詳述し、理論化を試みている。ラボックは、小説の要素を「パノラマ」と「場面」とに分け、作家はみな、「パノラマ的／画面的」な方法と「場面的／劇的」な方法の二種類を使い分けながら小説を書くのだという。しかし、たいていの作家は、いずれか一方を好む傾向があり、フィールディング、サッカレー、ジョージ・エリオット、そしてフランス近代小説の創始者のひとりであるバルザック（一七九九～一八五〇）は前者へ、ロシア作家トルストイ（一八二八～一九一〇）、ドストエフスキーは後者へ向かっていると述べる（ただし、トルストイの『戦争と平和』は、範囲の広大さという点でパノラマ的性質を持つため、この作品では二つの意匠が混乱していると、ラボックは難点を指摘している）。

「パノラマ的／画面的」方法が用いられた代表例として、ラボックは、サッカレーの『虚栄の市』（一八四七～四八）、『ペンデニス』（一八四八～五〇）、『ニューカム家の人々』（一八五三～五五）などを挙げ、この作家の手法を次のように説明している。

サッカレーは、それらの世界を、端から端まで一気に見渡せる大きな広がり、広やかな領域として、人々の群れが存在する生活の全般的・典型的な印象として、見ていた。そして、その人々の生き方や冒険が彼の記憶のなかへ殺到してくるのだ。風景が彼の前にあり、彼の想像力は、そのなかを自由に行ったり来たりすることができた。その全体が、一気に視野におさまる単一の眺望であり、彼がじっと見つめているうちに、そこからベッキー［『虚栄の市』の女主人公］やペンデニスの物語が現れてきて、明瞭な形をとるようになる

(Lubbock, p.93)。

ひと言で表すなら、「パノラマ」とは、〈端から端まで一気に見渡せる広がりを視野におさめた単一の眺望〉として規定できるだろう。ラボックは、エリオットについては、「パノラマ的」方法へ向かう作家の分類に組み入れているだけで、それ以上詳しく述べてはいない。しかし、「地方生活についての研究」という副題を掲げた『ミドルマーチ』では、複数のプロットを交互に提示しながら相対化し、人間の営みを一望するという方法が取られているため、作品のなかに「パノラマ」が導入されていることは、明らかであろう。

運命の女神が見ている

カソーボンとドロシアが婚約したころ、リドゲイトはロザモンドと知り合い、彼女に魅了されるようになる。ミドルマーチで医学を発展させようという野心に燃えていたリドゲイトは、まだ当分結婚する気はなかったが、女性の装飾的価値に重きを置いていた彼とすれば、優雅なロザモンドは、自分の好みにぴったり合う女性だったのである。一方彼は、ドロシアとも一度会うが、物好きにもしおれた学者と結婚しようとしているドロシアのような女性は、真面目すぎて、いっしょにいてもくつろげない、苦手なタイプの女性だという印象を抱く。

これに続いて、語り手は次のように述べる。

たしかに現時点では、リドゲイトにとって、ドロシアの心のあり方などはどうでもいいことだったし、ドロシアにとっても、この若い外科医の心を捉えた女性の特性などどうでもよかった。しかし、もし人間の運命が密かに収束していくさまを鋭く観察している人がいたとすれば、ある人生が別の人生に影響を及ぼすべくゆっくりと仕組まれているさまが、見えるだろう。まだ紹介もされていない隣人に対して、私たちが無関心な態度を示したり、冷ややかな目で見たりしていたことが、あとになって皮肉に思えてくることがあるが、まさにそういう状況である。運命の女神が、その掌の上に登場人物をのせて、皮肉な笑みを浮かべて傍観している、というさまなのである。（第11章）

この時点では、ドロシアとカソーボンを中心としたストーリーと、リドゲイトとロザモンドを中心としたストーリーとは、それぞれ並行して進み、交わることはない。若いリドゲイトは未熟で経験不足であるために、女性の真価とは何かというような問題には思い至らない。しかし、いずれリドゲイトの人生とドロシアの人生とが交わり、互いに影響を及ぼし合うことになることを、この語りは暗示している。ここには、「運命の女神」の掌の上に、ドロシアやリドゲイトをはじめとする人々がのせられているというイメージが、「画面」として提示されている。彼らの運命が収束していくさまは、運命の女神によって、高みから一望されているのである。

社会変動を一望する

先の引用に続いて、語り手は次のように述べる。

古びた地方社会も、この運命の微かな動きを免れることはなかった。切れ者のダンディとして通っていた職業人が、ふしだらな女といっしょになり、六人の子供を養う世帯主となり果てるような人目を引く没落のみならず、人づき合いの境界線がたえず移動したり、互いに依存し合う意識が新たに生じたりという、それほど目立たない浮き沈みもあった。零落する人もいれば、這い上がる人もいる。ロンドン訛りを隠すようになった人、一財産を作る人もいれば、気難しい紳士が選挙に立候補したりすることもある。ある者は政治の世界で、またある者は宗教の世界で大きな流れに巻き込まれ、思わぬ集団の一員になってしまう。こうした浮き沈みのなかで、岩のごとく微動だにしなかったわずかな人々や一族でさえ、ゆっくりと新しい様相を帯び、その堅固さが変化していくことに、自他ともに気

> づくのだった。地方都市と田舎の教区とは、徐々に新しい糸で結びついていった。…（中略）…大地主や准男爵、さらにはそれまで一般人からは非の打ちどころがないと思われていた貴族なども、新たな人々との交わりによって、欠点が増えていった。遠い地方から移り住んで来る者のなかには、びっくりするような新しい技術を持ち込む者もいれば、腹の立つほど悪知恵の働く者もいた。（第11章）

これは、物語の舞台であるミドルマーチの地方社会で、どのような変動が生じていたかということを、ひとつの視野におさめて見渡した解説で、まさに「パノラマ」であると言える。そこには、〈切れ者のダンディとして通っていたが、没落した職業人〉〈ロンドン訛りを隠すようになった人〉〈一財産を作る人〉〈選挙に立候補した気難しい紳士〉〈政治の世界に巻き込まれた人〉〈宗教集団の一員になった人〉など、名もなき人々の群れが描かれる。また、貴族、准男爵、大地主から、余所（よそ）の土地から来た見知らぬ技術を持つ人々に至るまで、幅広い階層の人々を一望におさめて、それぞれの人々が浮いたり沈んだりしながら、人づき合いの境界線を徐々に変動させていくさまが、広い領域を端から端まで見渡すように描かれている。

社会が「新しい様相」を帯び、「その堅固さが変化」していった原因のひとつは、経済的・階級的変化であり、地方都市と田舎の教区のみならず、異なった階級間の人々を徐々に結びつけていった「新しい糸」となった要因のひとつは、結婚である。結婚によって、人々の階級的・経済的な上昇や下降が生じたからである。このあと同章では、ミドルマーチで古くから工場を経営して羽振りをきかせてきたヴィンシー家の娘であるロザモンドが、家柄のよい医者リドゲイトに関心を持つようになるというように展開する。ロザモンドは、自分が工場主の娘などに生まれなければよかったと思っていて、母方の祖父が宿屋であることをひどく嫌っていた。彼女は家柄のよいリドゲイトと結婚して上流階級へ参入しようと目論んでいたのである。ロザモンドというひとりの女性も、社会変動という「パノラマ」の一部として捉えられているわけである。

発話の特徴

作品では、語り手が物語のなかの登場人物や出来事について述べたり、解説したりしている「語り」の部分のほかに、二人以上の登場人物が互いに言葉を交わし合っている部分がある。話し手によって発された語・文章が書かれているこのような部分が「会話」である。

会話は複数の人物が考えを表したり、情報を交換し合ったり、議論を発展させたりする出来事であると同時に、それぞれの登場人物の「発話」(utterance) をとおして、人物の性格や思考の特徴が示される媒体ともなる。

登場人物の発話の特徴をいくつか例に挙げる。ブルック氏の会話は無意味な内容で、散漫だという特徴がある。ドロシアがカソーボンとの結婚を決意したとき、ブルック氏が姪に向かって述べている言葉を見てみよう。

「ああ――じゃあ、彼の求婚を受け入れるんだね？　ということは、チェッタム君には望みがないということかい？　チェッタム君が、何か君の気に障ることでもしたのかね――

気に障ることをね？　彼のどこが気に入らないのかな？」

＊＊＊

「ところが君は、学者とか、そういった種類の相手でなければならないわけだね？　まあ、うちはその血筋ではあるけれどもね。私もそうだったよ——知識欲があって、何にでも首を突っ込んでしまう——ちょっとやりすぎだったかもしれない——私の場合はね。だが、そういう傾向は、あんまり女性には出てこないものなんだが。それとも、地下にもぐって流れるものなのかね、ギリシアの川みたいにね——そして、息子の代で姿を現すってわけか。賢い母があってこそ、賢い息子が生まれる。私も一時は、かなり入れ込んだものだ。だがね、私はいつも言うんだが、こういうことに関しては、人はある程度までは、自分の好きなようにするべきだ。君の後見人として、よくない結婚には同意できない。しかし、カソーボンは立派な人物で、地位もいい。ただね、チェッタム君は傷つくだろうし、カドウォラダーの奥さんは私を責めるだろうね」（第5章）

話がしょっちゅう逸れて、焦点がよくわからない台詞である。伯父としての務めは果たしたいが、姪の自由も尊重したい。そのなかに、少し家系に関する自慢が交じる。自分の知識欲に触れて、経験談を披露したがる傾向が、ブルック氏にはある。「ギリシアの川みたいに」

という言及も、何か神話に関連する知識でもひけらかそうとしているのだろうが、中途半端でよくわからない。警句めいたことも織り交ぜたがる（「賢い母があってこそ、賢い息子が生まれる」）。温厚なのだが、どことなく女性を軽視した発言が交ざる（「そういう傾向は、あんまり女性には出てこないものなんだが」）。他人からどう思われるかということを気にするたちで、ここでも話し相手のドロシアに対して機嫌をとりつつ、求婚者チェッタムや、近隣のカドウォラダー夫人に責められるのを恐れている。「私はいつも言うんだが」とか「ある程度までは」というのが彼の口癖である。文章の組み立てが緩く、反復が多く（「気に障ることでもしたのかね――気に障ることをね？」）、言い淀みが多い（翻訳では句点で区切った箇所もあるが、原書ではやたらダッシュが多い）。

カドウォラダー夫人は、毒舌家である。近隣の住人で昔から親しいブルック氏に対しては、思ったことを歯に衣着せずに言う。彼女は、ブルック氏が政治に手を出そうと目論んでいることを逸早く見抜き、自分の才覚に合わないことはやめておくようにと警告する。言い逃れようとするブルック氏に対して、夫人は次のように言い放つ。

「ほらほら！　選挙演説でも、そういう戯言をおっしゃるつもりなんでしょ？　ねえ、そそのかされて選挙演説なんかに出ちゃいけませんよ、ブルックさん。演説をぶったりしたら、必ず笑いものになりますよ。うーんとか、えーとか言いながら何とかやり過ごそうとしても、正しい側に立っていなければ、話になりませんからね。言っておきますが、あなたは選挙に出ても負けますよ。すべての党派の主張をごた混ぜにするようなことをしていたら、みんなから悪口を浴びせられるのがおちですよ」（第6章）

カドウォラダー夫人の言葉は、歯切れがよく、また、その予測はよく当たる。将来、ブルック氏が選挙に出ることになったとき、カドウォラダー夫人の予言はすべて的中することになるのである。耳の痛いことを言われたブルック氏が、苦し紛れに口癖の「ある程度までは」を連発すると、頭の回転の速いカドウォラダー夫人は、「あなたのおっしゃるある程度までって、どの程度なんですか？」と、すかさず問い返す。夫人は、ドロシアが理想化しているカソーボン氏についても、「大きく膨れ上がった浮袋みたいに空っぽで、中身といえば、干上がった豆がガラガラ鳴っているだけの人じゃないですか！」（第6章）と、その正体を早々と言い当て、カソーボン氏の衒学的（げんがく）な性質を揶揄（やゆ）して、「あの人の血を一滴、虫眼鏡で見てみたら、セミコロンと括弧だらけだったとか」「あの人は、夢でまで脚注のことを考えて、そのことで脳を使い切っているんですよ」（第8章）と嘲笑する。比喩が奇抜で、皮肉にスパイスが効いているのが、カドウォラダー夫人の発話の特徴である。

対話 dialogue

二人（あるいは三人以上）の登場人物の間で交わされる言葉を、「対話」と呼ぶ。古くは、古代ギリシア・ローマの文学にも遡る文学形式で、たとえばプラトンの「対話篇」（前四世紀）は、ソクラテスが弟子やソフィスト、その他の人々と交わした対話を綴ったものである。対話を交わしながら、それぞれの人物のものの考え方が引き出されたり、議論の展開をとおして、物事に新たな光が当てられたりするという効果がしばしば生じる。

『ミドルマーチ』では、ドロシアとシーリア、ドロシアとラディスロー、ドロシアとリドゲイト、リドゲイトとラディスロー、フレッドとメアリなど、さまざまな組み合わせによる対話があり、あるテーマをめぐって議論が展開する場面がある。次に挙げるのは、牧師フェアブラザーとリドゲイトとの対話の一部である。リドゲイトは牧師館を訪ね、フェアブラザーの書斎で、牧師が趣味で集めている昆虫の標本を見せてもらう。世間話や仕事の話をするうちに、議論が発展していく。

「しかし、われわれミドルマーチの人間は、あなたが思うほど素直ではありませんよ。ここにだって陰謀もあれば、党派もあります。たとえば、私はある党派に属していて、バルストロードさんは、別の党派に属しています。あなたがぼくに票を入れれば、バルストロードさんの機嫌を損ねることになりますよ」

「バルストロードさんに反対しなければならないことが、何かありますか？」リドゲイトは力をこめて言った。

「バルストロードさんに反対することがあるとは言っていません。ひとつだけを別とすれば。あなたがあの人と反対の票を投じれば、あの人を敵に回してしまうということだけです」

「そんなこと、ぼくが気にする必要があるとは思いません」リドゲイトは、やや自慢げに言った。「バルストロードさんは病院に関して立派な考えを持っていますし、有益な公共の目的のために、大金を使っておられます。ぼくの考えを推し進めるうえでも、大いに力になってくれるかもしれません。あの人の宗教観には関心ありません。ヴォルテールも言っているように、一定量の砒素を投与して呪文を唱えたら、羊の群れは死んでしまうのですから。ぼくは、砒素を持って来る人を探しているのであって、その人の唱える呪文はどうだっていいのです」

「まあ、いいでしょう。でもそれなら、砒素を持って来る人の機嫌を損ねてはいけませんよ。あなたがぼくの機嫌を損ねることはありませんから、大丈夫ですよ」フェアブラザー氏は、まったく気取らずに言った。「ぼくは、自分にとって都合のいいことが、他人の義務であるような見方はしません。ぼくは、バルストロードさんとは、多くの点で対立しています。あの人が属している党派は好きじゃありません。…（中略）…しかし」彼は微笑んでつけ加えた。「バルストロードさんの建てた新しい病院が悪いとは、ぼくは言いませんよ。あの人がぼくを古い病院から追い出そうとしていることについては――あの人がぼくのことを有害だと思っているのなら、こっちがそう思っていることに対するお返しのようなものです。ぼくは模範的な牧師ではありません――まああの間に合わせ程度の牧師ですから」（第17章）

この時点でのリドゲイトは、ミドルマーチの医療改革に自分が中心的役割を果たすことに成功するだろうと、楽観的に考え、その目的のためにバルストロードの支援を受けることに関して、何ら疑問を抱いていない。それに対してフェアブラザーは、ミドルマーチはそんなに甘い世界ではないと警告している。近々、医療会議で病院付き牧師を決定することになっているのだが、二人の候補者フェアブラザーとタイクのどちらに投票するかによって、町は二つの党派に分かれている。それは、タイクを推している有力者バルストロード氏に対する賛成派と反対派との対立でもあった。そこでフェアブラザー氏は、リドゲイトがバルストロードと癒着することが危険であると、暗示しているのである。「ぼくは、自分にとって都合のいいことが、他人の義務であるような見方はしません」と主張するフェアブラザーの言葉は、自分とは反対にバルストロードは、リドゲイトが自分の指示どおりに票を投じることが義務であると考えるような狭量な世俗的人間であるから、それに逆らえば敵に回すことになる危険な相手であるとほのめかしている。そして、リドゲイトがどちらに票を投じても、自分との友情は変わらないと保証するのである。

この対話は、リドゲイトに少なからぬ影響を与える。このあと彼の心は揺れ始めるからである。リドゲイトは、自分が模範的な牧師ではないと自己卑下するフェアブラザーの職業観を疑問視しつつも、牧師と親しくなるにつれ、彼の人間的真価を知って好感を抱くようになり、自分の利害のために彼に反対票を投じることに、良心の咎めを感じ始める。こうしてリドゲイトは、ミドルマーチの困難な世界の渦のなかに、一歩ずつ巻き込まれていくことになるのである。

さらに、この会話には、もうひとつ不気味な伏線がある。リドゲイトは、ヴォルテールの言葉を引き、「一定量の砒素を投与して呪文を唱えたら、羊の群れは死んでしまう」という比喩を用いて、重要なのは病院経営（砒素の投与）であって、宗教観（呪文）ではないと言おうとしている。ここでバルストロードは「砒素を持って来る人」に譬えられている。しかし、物語の終盤に近づいたとき、バルストロードが文字通り砒素を盛りかねない人間であったことがわかるときがくるのである。

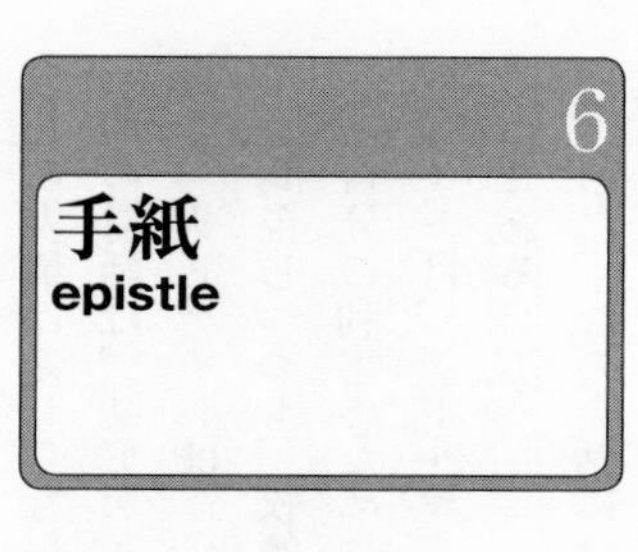

書簡体小説　epistolary novel

「手紙」は、ある人物からもうひとりの人物に向けられた言葉であるという点で、「会話」を発展させたものとして捉えることもできるが、会話が発話行為であるのに対して、手紙は書かれた言葉であるため、一種の一人称形式の語りとも言える。

作品全体が、登場人物間で交換された手紙から構成された形式（あるいは、一方の人物の側の手紙が提示された形式）の小説を、「書簡体小説」という。書簡体小説は一八世紀から一九世紀前半ごろにかけて流行した。イギリスの小説家サミュエル・リチャードソン（一六八九～一七六一）の『パミラ』（一七四〇）や『クラリッサ』（一七四七～四八）は、緊迫した雰囲気のなかで手紙の書き手の心理を効果的に伝えた作品として、評判になった。その影響は広範に及び、ドイツではゲーテ（一七四九～一八三二）の『若きウェルテルの悩み』（一七七四）、フランスではジャン＝ジャック・ルソー（一七一二～七八）の『新エロイーズ』

（一七六一）、ピエール・ショデルロ・ド・ラクロの『危険な関係』（一七八二）などの小説が書簡体形式で書かれている。メアリ・シェリーの『フランケンシュタイン』も、外枠は、ウォルトンから姉に宛てた手紙で、そのなかに、彼がフランケンシュタインから聞いた話をまとめて、手記として含めるという形になっている。

その後、書簡体小説は、いったん衰退したように見えたが、決して絶滅したわけではない。比較的最近でも、アメリカの作家ジョン・バースの『レターズ』（一九七九）や、アフリカ系アメリカ作家アリス・ウォーカーの『カラー・パープル』（一九八二）をはじめとする小説において、実験的な手法として用いられている。

手紙の挿入

作品全体が書簡体形式でなくても、小説のなかに手紙が挿入されることは、少なくない。一九世紀のはじめにイギリスで活躍した作家ジェイン・オースティン（一七七五～一八一七）は、『分別と多感』（一八一一）と『高慢と偏見』（一八一三）を、一八世紀末に草稿として執筆していた段階では、当時流行していた書簡体形式で創作していたが、のちに計画を変更して、三人称形式の小説に大幅に書き換えて発表した。しかし、完成した作品のなかにも、しばしば手紙が挿入され、効果的に用いられている。『分別と多感』で、メアリアンが、ウィロビーを追ってロンドンへ行き、つれない恋人の態度に説明を求めた手紙には、彼女の多感さが溢れている。それに対してウィロビーが寄こした返事の手紙は、よそよそしく冷ややかな内容で、不誠実な彼の卑劣さが如実にうかがわれる。『高慢と偏見』では、求婚を断られたダーシーが、エリザベスに宛てて書いた長い弁明の手紙が、物語の大きな転換点の役割を果たしている。

『ミドルマーチ』でも、数か所に手紙が挿入されている。最も長い手紙は、カソーボンからドロシアに宛てて送られた次の求婚の手紙である。

親愛なるミス・ブルックへ

あなたの後見人のお許しを得ましたので、何にもまして小生の心にかかっておりますことにつき、一筆申し上げます。小生の生活において何かが必要であるという意識が生じたまさにそのとき、あなたとお知り合いになれたという事実には、たんなる時の一致以上の深い意味がある、という私の認識に誤りはないものと信じています。と申しますのも、あなたにお目にかかって一時間もたたぬうちに、あなたがその必要なものを満たすうえで相応しい、きわめて秀でた方であるという感銘を受けたからです（この必要性は、活発な感情の働きと結びついたものであり、その感情は、放棄しがたい特殊な研究に没頭しているこの身でさえも、隠しおおしえぬものと申せましょう)。その後お目にかかる機会に与りますたびに、予見したとおりあなたが相応しいことを確信するとともに、ただいま言及いたしました感情が強く喚起されることにより、感銘はいっそう深まりました。お話しさせていただいて、小生の生活がいかなる傾向と目的を持つものであるかは、あなたにもじゅうぶんおわかりいただけたものかと存じます。それは、平凡な世情には添わぬ傾向であることも、承知いたしております。しかし、あなたは気高い理想とそれに身を捧げる覚悟を兼ね備えた方であると認識いたしました。そうしたものが、花盛りの若さあるいは女性の魅力と相容れるものであるとは、小生はこれまで思いもよりませんでした。あなたにおけるように、女性たることが右の精神的特質と尊く結びついた場合、それは名を高め、栄誉をもたらすことであるとも申せましょう。堅実さと美貌とがまれにも結びついて、小生が厳粛な研究に取り組むおりには助けの手を差し伸べてくれ、無為なるときは暖かき慰めを与えてくれる、こうしたお方に出会えるものとは、実のところ、小生の思いもよらぬことでありました。……(第5章)

ここまでで、ようやく手紙の半分だが、あとは省略する。徹頭徹尾、自分中心の内容である。要するに、自分の生活には「何かが必要」であり、その必要なものを満たすうえで、ドロシアが「相応しい」という、自分の側の都合を述べているのである。「あなたは気高い理想とそれに身を捧げる覚悟を兼ね備えた方」だから、自分の妻として適任者だというわけだ。「魅力」「堅実さ」「美貌」など、相手の女性に対する称賛の言葉も含まれてはいるが、あくまでも重要なのは自分の研究であり、自分が研究に取り組むさいには「助けの手」を、無為なときには「暖かき慰め」を与えてほしいと、虫のよい要求をしているにすぎない。ふつうなら、求婚するさいには、相手に対する愛情を強調するのが自然だと思われるが、その種の「感情」が、研究者の身でありながら生じたことについて、わざわざ括弧書きで言い訳しているあたりは、興が削がれる。自分にとっての「必要性」と「感情」の発生の時が一致したことについて、妙なこだわりを示していることにも、自己中心性が見られる。このようなおよそラブレターとは言い難いような内容の文章が、学者然とした堅苦しい文体で綴られているさまからは、滑稽ささえ生じてくる。

しかし、この手紙を受け取ったドロシアは感激に身を震わせる。彼女には、自分の目の前に豊かな生活が開けるという思いしかない。彼女は、次のような返事を書く。

親愛なるカソーボン様へ

私を愛してくださり、私のことを、あなたの妻に相応しいとお考えくださって、心より感謝いたします。私にとっては、あなたと共にあるという幸せほど、望ましい幸せはございません。これ以上申し上げても、長々と同じことを書いてしまうだけになるかと存じます。生涯あなたに尽くすこと以外、いまは何も考えられませんので。

ドロシア・ブルック
（第5章）

たった数行の短い手紙で、文体はシンプルそのものである。カソーボンの目が疲れないようにという配慮から短くしたという理由もあるが、この手紙は、飾り気のない彼女の率直な性質を示している。「長々と同じことを書いてしまう」というような無駄なことを、彼女は好まないのだが、カソーボンの長い手紙がまさに同じことの繰り返しであるのは、皮肉である。同時に、相手の言い分に感謝するだけで、あっさりと結婚を承諾してしまうドロシアには、カソーボンの手紙を批判的に読む冷静さが欠けていることも、暴露される。

手紙は、同じ事柄に対して、違った視点から異なった解釈を示すうえでも、効果的な方法である。第37章では、ブルック氏が新聞『パイオニア』を主宰し、ラディスローを編集人として雇ったことをめぐって、カソーボンがラディスローに宛てた手紙と、ラディスローからカソーボンへの返事の手紙とが並列されている。カソーボンは、「世の中にはしかるべき社会的適合性や礼節というものがあって、それによれば、小生の縁者がこの近隣において、小生の地位よりも著しく劣るのみならず、似非（えせ）文学者もしくは似非政治家の類の浅知恵をひけらかして人目を引くような立場に立つことは、阻止されるべきであると考えます」と述べて不快感を露わにし、もし言うとおりに従わないのなら、自分の屋敷への出入りを禁じると、一方的に言い渡す。それに対してラディスローは、「過去においてあなたが小生に寛大にお振る舞いくださったことについては、じゅうぶん承知していますが、この種のご恩のために、あなたのご期待どおりに小生が束縛を受ける必要はないと申し上げなければなりません」「その恩義は、自分が住みたい場所に住み、自分で選んで合法的に得た職によって生計を立てていく自由を、小生から奪うようなものではないはずだと考えます」と、徹底的に反発する。カソーボンの手紙には、新聞の編集という職業を蔑視する高慢さが、ラディスローの手紙には、自分の権利を侵害され自由を奪われることへの強い反抗心が表れている。しかし、自己主張の強さや、相手を言い負かそうとするためにレトリックを駆使しようとしている点では、二人の文体には共通点もある。このように、手紙は、登場人物のありのままの姿を自ずと提示する方法のひとつであると言えるだろう。

7 意識の流れ stream of consciousness

手掛かりとなる「話法」

「意識の流れ」とは、本来、アメリカの心理学者・哲学者ウィリアム・ジェイムズ（一八四二〜一九一〇）が、意識がつねに連続的に変化し流動している状態を言い表した用語であるが、文学においてそのような意識の描写を試みる方法を指す。このような文学の手法は、二〇世紀初頭から、アイルランドのジェイムズ・ジョイス（一八八二〜一九四一）やイギリスのヴァージニア・ウルフ、フランスのマルセル・プルースト（一八七一〜一九二二）などの作家たちによって用いられるようになった。

意識の流れの手法がとられるさい、語りの文体としては、通常、「自由間接話法」（free indirect style）が用いられる。これは、直接話法と間接話法との中間的な形で、間接話法における人称や時制を留めたまま、伝達動詞の部分を削除したものが、基本形となる。登場人物の言語的特徴が含まれることにより、語りの文でありながら、登場人物の視点からその意識を映し出すことを可能にする文体で、描出話法と呼ばれることもある。ただし、このような話法自体は、二〇世紀になって初めて現れたわけではなく、イギリスの小説家・評論家ディヴィッド・ロッジ（一九三五〜）が『小説の技巧』（一九九二）で指摘しているところによれば、ジェイン・オースティンにまで遡れるという（Lodge, p.43）。

意識の流れの方法のなかで、意識の主体の文体上の主語が「私」になる場合（すなわち、間接話法における人称が保たれなくなる場合）を、特に「内的独白」（interior monologue）と呼ぶ。ロッジの説明によれば、この手法が用いられている場合、「読者は、誰かの頭の中にコードを差し込み、肉体的刺激や観念連想によって被験者の脳裏に浮かぶ印象や思考、疑問、記憶、空想などを際限なく録音し続けたテープを、イヤフォンを付けて聞いているような感じになる」（Lodge, p.47）のである。代表例としては、ジョイスの『ユリシーズ』（一九二二）の最後で、主人公ブルームの妻モリーが、ベッドに横たわってまどろみかけながら、その日の出来事や昔の思い出などを思い描き、連想に従って記憶のなかを漂う部分がある。

就寝前の意識

一九世紀の小説『ミドルマーチ』でも、意識の流れと同種の方法によって、登場人物の内心が露わにされる箇所が、しばしば見られる。次の一節は、カソーボンから自分の死後の願いを聞き届けてくれるかと尋ねられたあと、眠れぬ夜を過ごすドロシアの内心が吐露される箇所である。

自分自身の将来を哀れんでいたドロシアは、ここで夫の過去へ——いや、過去から生じてきた運命と苦戦している夫の現在へ、同情の念を向けた。孤独な労苦、自己不信の念に圧迫されて窒息しかけている野心、遠ざかっていく目標、重い身体。そしてついに、いまや頭上で剣が揺れているのが見える！　彼の生涯をかけた労苦を結実させる手伝いをするために、自分は彼と結婚したいと思ったのではなかったか？　ただ、その仕事はもっと偉大なものだと、彼女は思っていた。それ自体のために、献身するだけの価値のある仕事だと思っていたのだ。たとえ夫の悲しみを和らげるためだとはいえ、踏み車を踏むように実りのない仕事をすることは、正しいことだろうか？　たとえ約束したとしても、そんなことができるだろうか？

だからといって、夫の頼みを断ることができるだろうか？「あなたの渇望を満たすことはお断りします」と言えるだろうか？　それは、生きている夫のためには、きっとしてあげるのに、死んだ夫のためには、してやらないというようなものだ。リドゲイトが言っていたように、夫があと十五年以上生きるとすれば、彼女は、夫を助け、夫に従いながら生活することになるだろう。

それでもやはり、生きている人のために尽くすのと、死んだ人に尽くすという無期限の約束をするのとでは、大きな違いがある。彼女がまだ抗議する自由も、拒む自由もないようなことを、彼が生きている間に要求することは、できないはずだ。しかし、まさかとは思いつつも、一度ならず彼女の頭をよぎる思いがあった――夫は、何か彼女が想像もできないようなことを、要求するつもりなのではないか？　だって、夫はその頼みの内容が何であるかをはっきり知らせないまま、それを実行することを、彼女に約束させたがっているのだから。いや、そんなはずはない。夫の心は仕事のことだけでいっぱいのはずだ。その目的のためにこそ、彼の衰えゆく命を、彼女の命によって引き延ばそうとしているのだ。だのに、いま彼女が「いいえ、あなたが死んだら、あなたの仕事には指一本触れません」と言ったなら――その傷ついた心を、押しつぶすようなものだろう。

このように心を戦わせながら、横になったまま四時間ほど過ごすと、彼女は気分が悪くなってきた。決心がつかず、どうしていいかわからなくなり、黙って祈るしかなかった。ずっと泣きながらぐずっていた子供のように、力尽きて、明け方近くになって、彼女はようやく寝入った。（第48章）

『ユリシーズ』のモリー・ブルームの物思いほど支離滅裂ではないが、就寝前のとりとめのない思考であるという点では、状況が似ている。「彼女」という三人称は保たれつつも、畳みかけるように疑問文が続いて自問自答が繰り返されたり、理路整然とまとめられず、ダッシュが多用されて、心の逡巡がそのまま写し取られたりしていることなど、自由間接話法の特徴が数多く見られる。夫に同情を向けながら、彼が置かれた状況をひとつひとつ思い浮かべ、「孤独な労苦、自己不信の念に圧迫されて窒息しかけている野心……」と、体言止めが連ねられていくうちに、彼女の興奮は高まり、「そしてついに、いまや頭上で剣が揺れているのが見える！」というように、感嘆符で結ばれる。カソーボンを、ダモクレスの剣の下にいる王者（古代ギリシアの説話で、王者は、天井から毛一本で吊るした剣の下の玉座に座っているようなもので、つねに危険に晒されているという譬え）になぞらえたり、夫の死後無益な仕事をすることへの苦痛を、「踏み車を踏むように実りのない仕事」（当時、囚人は刑罰として踏み車を踏まされることがあった）と表したりするなど、鮮烈なイメージを伴う連想が次々と生じているという特徴も認められる。

「まさかとは思いつつも、一度ならず彼女の頭をよぎる思い」、つまり、「夫は、何か彼女が想像もできないようなことを、要求するつもりなのではないか？」という彼女の不安は的中し、やがてカソーボンの死後、遺言状の補足書という形で露わになる。このように、寝入る前には潜在意識が表面化して、第六感からのメッセージが送り込まれてくる場合もあるだろう。ここでは、「傷ついた心を、押しつぶすような」ことはできないと考えているドロシアだが、やがて夫が死んだときには、手の平を返したかのごとく、まさに「あなたの仕事には指一本触れません」という心境に至る。そういう意味でも、この「意識の流れ」には予言的な内容が含まれている。この翌朝、カソーボンは妻の返事を聞かぬまま、帰らぬ人となるのである。

8 象徴性 symbolism

文学における象徴とは

ある事物が、それ自体以外の何かを表象する場合、それを「象徴」(symbol) と呼ぶ。「象徴」とは、通常、慣習的に連想される何かのことである。象徴がたんなる記号である場合、たとえば十文字が図形的な類似性から交差点を表すようなさいには、それを見た人の情緒に変化を及ぼすことはほとんどない。しかし、十字架の連想によってキリスト教を象徴するさいには、対象を指示する機能に留まらず、それと関連する情緒を刺激する場合もあるだろう。文学における象徴は、情緒的含蓄があり、具体的なイメージを喚起する作用を含んでいて、「イメジャリー」[↓前著Ⅰ―10　イメジャリー]と呼ばれることもある。象徴性(象徴主義)とは、芸術上の表現方法として、事物や観念、思想などを、象徴を用いて暗示的に表現する態度・傾向のことをいう。

織物・鎖

『ミドルマーチ』において、繰り返し用いられながら、象徴性を帯びている事物をいくつか取り上げたい。

この作品では、「織物」のイメージが、社会機構や因果律の象徴として、繰り返し用いられている。社会機構としての「織物」のイメージは、文字通りインターネットという織物(ウェブ)が世界中に張り巡らされている現代においては、いっそう鮮明に感じられるが、これについては、のちに取り上げることにする〔↓本書Ⅱ―3　社会〕。ここでは、「因果律」の象徴という観点を中心に見ていこう（廣野訳『ミドルマーチ 2』読書ガイド5）。

エリオットは、ふとした瞬間に取った行動のなかにも、その人間の道徳的選択が潜んでいるとし、その責任を厳しく追及する作家である。つまり、出来事は何らかの原因から生じた結果であり、そこには一定の必然的関係がある、という基本原理が、彼女の小説世界を支配している。先に「5　会話」の項目でも例示したように、リドゲイトは病院付き牧師の投票をめぐって、タイクとフェアブラザーのいずれに投じるべきか、悩むようになる。そこに、「リドゲイトは初めて、些細な社会的条件が糸のように絡みついてきて、がんじがらめになり、その複雑さに挫(くじ)かれるような圧迫感を覚えた」（第18章）という表現がある。結局リドゲイトは、バルストロードとの利害関係のほうを選ぶという〈原因〉を自ら作り出し、その〈結果〉へ一歩近づくことになる。彼の脳裏に浮かんだ「絡みつく糸」のイメージには、社会という横糸とともに、因果という縦糸も混じっていたであろうことは、容易に想像できる。

また、リドゲイトは、バルストロード夫人から、ロザモンドと結婚する気がないのなら、姪と親しくつき合うのは控えるようにと、釘を刺される。気分を害しつつも、リドゲイトは誤解を招くような行動はやめようと決意する。にもかかわらず、しばらく時がたって、ヴィンシー家に用事ができたとき、彼はロザモンドと二人きりで会う危険を敢えて避けようとせず、誘惑に負けてつい訪ねてしまう。そのとき「バルストロード夫人のほのめかしにはどういう根拠があるのか、という思いが一瞬浮かび、絡みついた髪の毛が織物に交じるように、彼のもっと重要な思索のなかに織り込まれてしまった」（第31章）と述べられる。ここでも、一瞬の選択の誤りをも見逃さず、自己責任を問うエリオットの容赦なさがうかがわれる。

この直後にリドゲイトは、ロザモンドと気まずい会見をすることになる。彼が訪ねて行ったとき、ロザモンドは「鎖縫いの刺繡」（chain-work）を手にしていた。恋人が戻って来てくれたものと一瞬希望を抱いたのに、ふたたび去って行こうとするリドゲイトの様子を察した彼女は、動揺のあまり鎖縫いを取り落とす。それを拾い上げた刹那、彼女の震える表情を目にしたリドゲイトは、思わず情にほだされて、求婚してしまう。「鎖」は、彼を取り込んで縛りつける因果律を象徴しているとも言えるだろう。

こうしてリドゲイトとロザモンドは婚約するが、一見幸福なこの時期を描いた箇所にも、「織物」のイメージが持ち込まれる。語り手は、「若い人たちの求愛行為は、蜘蛛の巣の織物のようなものだ」と述べ、恋愛が育まれていく過程を、繊細な糸が絡み合うさまに譬える。「リドゲイトは、その織物の糸を心の奥から驚くべき速さで紡ぎ出し続け」、ロザモンドのほうも、「せっせと愛の織物の糸を紡いでいた」（第36章）という。しかし、婚約時代のリドゲイトの心理が、このあと、詩的な側面よりも、むしろ時間と金銭の問題という物理的側面から描かれていくことから、この「織物」の譬えは、彼を網目のなかに巻き込みがんじがらめにしていく因果律のイメージをも喚起する。彼は研究時間をできるだけ空費したくないという思いから、落ち着きを得ようとして、結婚の時期を早めるが、この誤算のために、やがて手痛い目に遭うことになるのである。

家具・調度品

『ミドルマーチ』では、家具や食器などの調度への言及がしばしば出てくるが、それ自体の描写に留まらず、象徴的なイメージを帯びている場合が多い（廣野訳『ミドルマーチ　3』読書ガイド6）。

語り手はリドゲイトについて読者に紹介するさい、彼の長所を指摘したあと、次のように彼の弱点にも切り込んでいく。

高貴な意図や他者への共感を持っていたにもかかわらず、彼のもつ偏見の半分は、世の中の一般の男性に見られるものと同質だった。彼の知的情熱を生み出す卓越した精神は、家具や女性に対する感じ方や評価、あるいは、自分がこの辺りのほかの外科医よりも育ちがよいということを、(言わなくても)人に知られたいという願望にまでは、浸透していなかった。いまのところ、彼は家具について考えるつもりはない。しかし、いったん考えるとなると、自分の家の家具は最高のものでなければ不釣り合いだ、とつい思ってしまうような俗っぽさが出てしまいかねない。(第15章)

リドゲイトには「俗っぽさ」という弱点があり、それを象徴するものとして、家具が引き合いに出されている。ここで家具と女性が同列に並べられているのは、注目に値する。リドゲイトが高邁(こうまい)な志を抱きつつも、この先挫折する危険があること、その原因が、妻として選ぶことになる女性と、俗物性であることを、彼の登場間もない時点で、早くも暗示しているように思えるからである。

リドゲイトが掛かりつけの医者としてヴィンシー家に出入りするようになると、ロザモンドは、ミドルマーチの外からやって来た良家の男性である彼を、理想の結婚相手と考えるようになる。自分がリドゲイトから恋い慕われていると信じて疑わないロザモンドの思いは、次のように描かれる。

ローウィック・ゲイトに一軒立派な家があるが、あそこがそのうち空き家になればいいのに、という思いで、彼女は頭がいっぱいになった。父が家に招いている客たちは、みな気に入らなかったので、自分が結婚したら、ああいう人たちはうまく排除しようと、ロザモンドは決めていた。そして、あのお気に入りの家の客間に、いろいろな家具が備えつけられたさまを、彼女は想像した。（第27章）

結婚の可能性を考えたとき、ロザモンドの頭に浮かぶのは、まず住む家であり、次は家に招く客層、そして家具へとつながっていく。ここには、ロザモンドの世俗性や物質的な欲望が露呈している。

やがてロザモンドと婚約したリドゲイトは、早速、町で見かけた高価な正餐（せいさん）用の食器類一式を気に入って買ってしまう。そのあとも、リドゲイトは蓄えをかなり使い、支払いを一部つけにして、食器の買い物を続けるが、その箇所で、語り手は彼の心理を、次のように描いている。

自分が精魂を傾けて取り組む対象は、科学の研究と医者の仕事だけなのだということが、リドゲイトにはわかっていた。しかし、レンチ医師のようなみすぼらしい家で、そういうものに取り組んでいる自分の姿を想像することはできなかった――あの家では、扉はみな開けっ放しだし、防水用のテーブルクロスは擦り切れているし、子供たちは汚れたエプロンをしているし、いつまでも骨をしゃぶっていて昼食はなかなか片付かないし、ナイフの柄は黒ずんでいるし、食器は安っぽい柳模様ときている。しかもレンチの妻はリンパ体質で生気に欠けていて、ミイラみたいに、いつも大きな肩掛けをして家のなかにこもっている。あの医者は、まともな準備がそろわないまま、家庭生活を始めてしまったのにちがいない。（第36章）

ここでは、リドゲイトの研究や仕事に対する野心が、世俗的条件がかなって初めて遂行されうるものであることが、暴露されている。レンチ医師の家とその夫人とを並べて連想していることからも、リドゲイトが妻を家庭の調度の一部のように考えていることがわかる。このように、リドゲイトの物質的な高級趣味、そして、そのなかに美貌の妻を装飾品として位置づける価値観が暗示され、ロザモンドと彼との接点が強調されるのである。

このような二人が結婚し、収入を上回る贅沢な家庭生活を続けた結果、必然的に経済状態が逼迫していくことになる。借金の支払いに追い詰められたリドゲイトは、実情を妻に打ち明けて、金策の協力を請うが、ロザモンドは、家具を手放したり手狭な家に引っ越したりするというような夫の提案には、断じて応じようとしない。夫婦関係のこじれと経済的困窮のために、リドゲイトは仕事の目的を果たすこともままならなくなり、ついには取り返しのつかない破局を迎えることになるのである。

第60章では、ストーリーの流れが一時止められ、ミドルマーチで開催された大規模な競売の風景が詳しく描かれている。それは、競売人トランブル氏（フェザストーンの一族）の主催のもとで行われ、富裕な大地主が他所へ転居して手放した屋敷を、公開した催しだった。ビラによれば、最高級の家具や調度が、誰でも欲しければ買えるということで、大勢の人々が物見遊山に立ち寄る。部屋の壇上の机の前には、トランブル氏が木槌を持って構えながら、巧みな弁舌によって人々の購買欲をそそり、次々と品物を競り売りしていく。ここでは、金銭によって物を手に入れたいという欲望が、誰しもが持つ普遍的な感情として扱われ、パノラマ［↓本書I—4　パノラマ］のように情景が描かれている。

部屋・迷路・階段

ドロシアはカソーボンが立派な精神の持ち主であると信じて結婚したのだが、ローマでの新婚旅行中に、彼が期待したほどの人物ではないことに、早くも気づき始める。この歴史的な都市に来れば、夫の研究がさらに進展するだろうと思っていたのに、いまひとつ勢いがない。失望したドロシアの心境について、語り手は次のように述べる。

夫の精神のなかには、広々とした眺めや吹きわたる新鮮な風が見出されるだろうと夢見ていたのに、その代わりに妻が見つけたのは、控えの間や、どこにも通じていない迷路だけだった。結婚して数週間しかたたないうちに、ドロシアが、このことをはっきり認識したわけではないにしても、息が詰まりそうなほど憂鬱な思いで感じてしまったのは、なぜだろう？　それは、婚約期間には、すべてが一時的な準備段階にあるように思えるので、ほんのわずかな美徳や教養の実例を見せられただけでも、結婚して時間の余裕ができたら、貯えられたものがたくさん見せてもらえるだろうという楽しい保証のように受け止められるからではないだろうか。しかし、いったん結婚という敷居を越えてしまったら、期待はすべて現在に集中する。（第20章）

美徳や教養が限りなく見出される「広々とした眺め」を予想していたところ、ドロシアが見つけたのは「控えの間や、どこにも通じていない迷路」だけだったという。ここでは、部屋や迷路が、カソーボンの精神の狭苦しさや行き詰まり状態を表す隠喩（metaphor）として用いられているのである。

ドロシアにとっては、新鮮な印象が感じられるものについても、カソーボンはただ陳腐で形式張った解説しかせず、妻をがっかりさせる。カソーボンの精神の実態について、語り手は次のように説明する。

哀れなカソーボン氏自身が、狭い小部屋や曲がりくねった階段に迷い込んでいたのだ。カベイロイについてよくわからずに不安になったり、似た研究をしているほかの神話学者たちの弱点を批判したりしているうちに、こういう研究に打ち込むことになった当初の目的を見失っていた。目の前にいつも蠟燭（ろうそく）があるために、彼は窓が存在することを忘れてしまう。太陽神についての他人の説に対して辛辣な反論を唱えているうちに、彼は太陽の光に対して無関心になってしまっていたのだ。（第20章）

先の引用箇所では、部屋や迷路は、ドロシアの心に浮かんだイメージだったが、ここでは語り手のコメントのなかで、カソーボン自身が「狭い小部屋や曲がりくねった階段に迷い込ん」だイメージで捉えられている。学識の片鱗（へんりん）にこだわったり（ちなみに、カソーボンが気にしている「カベイロイ」というのは、エーゲ海北部のギリシア領の島サモトラケの豊饒（ほうじょう）の神々）、同じ分野の他の学者の説を批判したりしているうちに（また、彼が自分の論文を他の学者から批判されることを、極度に恐れていることが、別の箇所で述べられている）、研究の当初の目的を見失い、本質的なことに無関心になってしまうこと。カソーボンのみならず、研究者によくありがちなことだ。かくして、カソーボンは、研究者にとっては忘れがたい人物となる。

新婚旅行から帰って家庭生活を始めて間もなく、カソーボンは発作を起こして倒れる。医者リドゲイトから、カソーボンの病状は急死を伴う場合があるという説明を受けて、ドロシアは衝撃を受ける。彼女はリドゲイトに向かって、「お教えください。私に何ができるか、お考えください。主人は生涯ずっと苦労して、自分の研究に前途をかけてきたのです。主人は、そのことだけを気にしているのです。私もただそのことだけが、気になるのです」と叫ぶ。このあと、次のような語りが続く。

この先何年もの間、リドゲイトは、彼女が思わず知らず投げかけたこの言葉から受けた感動を、忘れることができなかった。それは、お互い同類の人間として、同じ明暗の入り交じった迷路のような人生を辿っているという意識からのみ発せられた、魂から魂へと伝わる叫びのような言葉だった。（第30章）

これまで別々に進行してきたドロシアのストーリーとリドゲイトのストーリーが、初めて連結する箇所である。「魂から魂へと伝わる叫び」という表現は、人生についての共通意識、あるいは運命において、二つの物語が底流でつながっていることを示している。ここで語り手は、リドゲイトの運命にも、この先苦難が待っていることを暗示する。それは、「同じ明暗の入り交じった迷路のような人生」という象徴的表現が用いられていることからわかる。「迷路」は、カソーボンのみならず、ドロシアやリドゲイトを含め多くの人間にとっても、人生を象徴するものだと言えるだろう。

カソーボンは、自分の死後、自分の従弟ラディスローとドロシアが再婚するのではないかと疑うようになる。ある日、ドロシアは、冷ややかな態度で自分を避ける夫の頑なさに傷つきながらも、これまで続けてきた研究を断念せざるをえなくなる夫の悲しみを、思いやりながらひとり過ごす。次の一節は、それに続く箇所である。

家のなかが寝静まり、カソーボン氏がいつも寝室に向かう時間が近づいた。そこで彼女は、静かに扉を開け、部屋の外の暗闇のなかに立って、夫が手に灯りを携えて階段を上がって来るのを待った。…(中略)…書斎の扉が開く音が聞こえた。絨毯(じゅうたん)の上を歩く足音は聞こえなかったが、ゆっくりと蠟燭の光が階段を上がって来た。夫が目の前に立ったとき、彼女は夫の顔がいっそうやつれているように見えた。妻を見て彼はかすかに、はっとしたようだった。彼女は何も言わず、懇願するような眼差しで夫を見上げた。

「ドロシア!」と言った彼の声には、静かな驚きがこもっていた。「私を待っていてくれたのかね?」

「ええ、あなたのお邪魔をしたくなかったので」

「さあ、行こう。君はまだ若い。夜も寝ずに、残りの人生を引き延ばすようなことは、君はしなくたっていいんだよ」(第42章)

暗闇のなかで、手に蠟燭を携えて階段を上がって来るカソーボン。その姿は、さながら命が消え入る前の人生の最終ラウンドをのろのろと歩んでいるイメージそのもののようだ。珍しくカソーボンは、妻に対して優しい思いやりの言葉をかける。しかし、ドロシアはこれを聞いて、「体の不自由な生き物を危うく傷つけずにすんだときに感じる安堵感に似たもの」

しか覚えない。この箇所は第4部（第2巻）の最終部分であり、「彼女は夫に手を差し出し、二人は手を取り合って広い廊下を歩いて行った」という一文で結ばれる。この夫婦の間には、かすかな思いやりは残っていても、もはやその前に希望の光はなさそうだと感じられる。というのも、この時点で私たちは、「階段」が狭い部屋や迷路につながる象徴だということに、すでに気づいているからである。

9 ミステリー/サスペンス/サプライズ mystery/suspense/surprise

プロットの構成要素としてのミステリー

「サスペンス」「ミステリー」「サプライズ」は、いずれも重要な文学的要素だが、これらは切り離しがたく結びついている。

E・M・フォースターは『小説の諸相』（一九二七）において、「ストーリー」と「プロット」〔↓前著I—2　ストーリーとプロット〕の区別を明らかにしている。ストーリーとは、出来事を起こった「時間順」に並べた物語内容。他方、プロットとは、物語が語られる順に出来事を再編成したものを指す。さらにフォースターは、ストーリーやプロットと関連づけて、「ミステリー」とは何かということについても、次のように論じている。

「王が死に、それから女王が死んだ」というのは、ストーリーである。「王が死に、悲しみのあまり女王が死んだ」というのは、プロットである。この場合、時間の連続性は保たれているが、因果の意味合いが影を投げかけている。さらに、「女王が死んだ。その理由を知る者は誰もいなかったが、やがてそれは王の死に対する悲しみのゆえであったとわかった」というのは、ミステリーを含んだプロットで、高度の発展の可能性を秘めた形態である。ここでは時間が一時停止し、限界の許すかぎりストーリーからかけ離れている。女王の死に関して言えば、私たちはストーリーならば「それから？」と尋ね、プロットならば「なぜ？」と問う。小説の二つの様相であるストーリーとプロットとの根本的な違いは、ここにあるのだ。…（中略）…高度に組み立てられた小説では、さまざまな事実が互いに対応し合っている場合が多く、鑑識眼のある読者でも、最後に見晴しのよい高みに行き着くまでは、事実の全貌を眺めることはできない。この意外性、あるいはミステリーという要素——時として探偵的要素という空疎な呼び方をされることもある——が、プロットにおいてはきわめて重要なのである。それは、時間の連続性を一時中断することによって生じる。（Forster, pp.87-88）

フォースターによれば、優れた小説とは、たんに次がどうなるかという読者の原始的な好奇心のみを刺激する「ストーリー」ではなく、出来事の配列を組み替えることによって深い意味合いを与え、読者に知性と記憶力を要求する高度な「プロット」の形態を備えたものである。したがって、「ミステリー」は、プロットの構成に必然的に伴う文学的要素だということになる。ミステリーが生じ、読者が「なぜ？」と問う期間が引き延ばされると、緊張感が持続し、そこから「サスペンス」という効果が生じる。やがて、事態が急転換し、意外な事実が発見されて、「サプライズ」がもたらされる。たいていの物語には、このように読者を驚かせる要素が含まれているものである。

遺産を相続するのは誰か？

財産家のピーター・フェザストーン老人は、病気で先が長くない。彼の遺産を当てにする一族が、老人の機嫌を取るためにストーンコート邸に頻繁に出入りするというストーリーが、第12章から展開し始める。遺産相続の見込みがある候補者としては、まず、ピーターの弟ソロモン、ジョウナ、妹ジェイン・ウォール、マーサ・クランチ（およびその子供たち）がいる。フェザストーンには、先妻と後妻がいるが、ともに死去している。そこで、先妻の弟ガース氏の長女メアリを筆頭とする子供たち、および後妻の妹ヴィンシー夫人の長男フレッドや長女ロザモンドは、フェザストーンにとっては義理の甥姪にあたり、遺産相続の候補者だということになる。これらのなかで、特に相続の権利を声高に申し立てるのは、年長の弟妹ソロモンとウォール夫人で、二人は兄ピーター本人や、ストーンコートに出入りする者たちをたえず監視し続けている。フェザストーンが最も目をかけているのは、甥のフレッドであるため、ことにフレッドは、一族から嫉妬と警戒の的となっている。フェザストーン自身は、金遣いの荒いフレッドが、自分の遺産を当てにして借金したのではないかと言って、甥に嫌がらせをしたり、時々小遣いをやったりしながら楽しんでいる。姪のメアリは、貧しい家計を助けるために、フェザストーンの看護人として雇われ、伯父の乱暴な扱いに耐え忍んでいるが、周囲の目には、フェザストーンに最も近づく権限を有する立場にいるようにも見え、気になる存在である。

フェザストーンの病状が悪化して死期が近づいてくるにつれて、見舞いに来る親類縁者の数はどんどん増えていく。フェザストーンのまた従弟である競売人ボースロップ・トランブル氏も、ビジネスに関する相談役として、病人に接近する。それまでそっけなく扱われていた者たちも、フェザストーンが生前何もしてくれなかった代わりに、最後の瞬間に自分のことを思い出してくれるのではないかという気がしてくる。「フェザストーン一族の者たちの胸の内には、誰もが自分以外の者たちを監視していなければならない」（第32章）という思いがあり、互いに牽制し合う。こうして、人々の期待と憶測が渦巻くなかで、《遺産を相続するのは誰か?》というミステリーが生じ、章が進むにつれ、サスペンスが高まっていく。ある夜、フェザストーンはメアリと二人きりのとき、二通の遺言書を作成してあることを知らせ、一方を焼き捨てるようにと命じるが、メアリは自分が不利な立場に立たされることを恐れて、申し出を拒否する。フェザストーンが望みを果たせぬまま絶命する鬼気迫る場面（第33章）で、二通の遺言書の内容に関するミステリーとサスペンスが、一気に高まる。

フェザストーンの葬儀では、さらに多くの縁者が集まり、そのなかにひとり蛙のような顔をした見知らぬ会葬者が交じっている。いよいよ関係者一同の前で、弁護士が遺言状を読み上げる。一通目の古い遺言書は、弟妹たちにそれぞれ申し訳程度の少額の金を、フレッドに一万ポンドを、例の蛙顔の男ジョシュア・リッグに土地を譲渡するという内容だった。一同は一喜一憂しながら読み上げ文を聞いていたが、ついに「戦慄に似たカサカサという物音が部屋中を走った。誰もがリッグ氏のほうを改めて見たが、彼は何ら驚いた様子を見せなかった」（第35章）。《ジョシュア・リッグとは何者なのか?》《最終的な効力を持つ第二通の遺言書の内容は何なのか?》という新たな謎のために、登場人物たちばかりではなく読者も、宙づり状態にされる。第二通目の遺言書は、第一の遺言の内容を無効とし、土地はすべてリッグに遺贈して、残りの財産は養老院に寄付するというものであると発表される。こうして、最後に出現したリッグが、フェザストーンの隠し子であり、彼こそ真の遺産相続人であったというサプライズへと至るのである。第一の遺言書の内容を聞いて束の間喜んだフレッドは、結果を知って落胆する。メアリは、自分が第二の遺言書を焼き捨てていれば、本来ならフレッドが多額の遺産を譲渡されるはずだったのだと、痛感する。故人フェザストーン本人にとっても、自分の最終的な望みどおり、フレッドに遺産を譲渡できず、気まぐれで書いただけの慈善施設への寄付が実現することになってしまったというのは、皮肉なサプライズだったことだろう。

脅迫者の行方

こうして、リッグがストーンコート屋敷の主人になる。しかし、彼は早速、屋敷を売り渡して金にし、別の土地で商売を始めたいと考えていた。そこでリッグは、町から離れた地方に隠遁(いんとん)所を求めていたバルストロードに、屋敷を売却する契約を進める。

そこへ突然ラッフルズという男が訪ねて来る。ラッフルズは、リッグの母親(つまり、フェザストーンの愛人)の再婚相手で、義理の息子が羽振りよくなったことを聞き及んで、たかりにきたのである。リッグは、自分が子供のころ、継父にいじめられたことを理由に、ラッフルズを追い払おうとするが、金貨を一枚与え、酒瓶にブランデーを満たすという要望だけ、聞き入れてやる。カバーが緩んで容器から外れそうになっていたので、ラッフルズは部屋に落ちていた紙切れを拾って、カバーの下に突っ込む。この章は、次のような一節で結ばれている。

容器を固定するために押し込んでおいた紙切れは、実はニコラス・バルストロードの署名入りの手紙だった。しかし、いまのところラッフルズはその紙切れを、役立っている場所から動かす気はなさそうだった。（第41章）

帰路についたときには、ラッフルズはまだ紙切れに書かれた文字に気づいていない。《ラッフルズは、バルストロードとどのような関わりがあるのか？》というミステリーが生じる。しかもこの章の冒頭は、文字を刻んだ石が、長年、表を下にして海岸に横たわっていたとしても、いつか発見されるときが来て、隠された昔の秘密が明るみに出たりすることもあるだろう、というような、何やら物々しい前置きから始まっている。したがって、ラッフルズがこのとき偶然拾った紙切れに書かれていた文字のために、バルストロードにまつわる何らかの秘密が暴かれることが、暗示されているわけである。

しかし物語は、そのままほかの人物たちのストーリーへと推移していくため、このあと一

○章以上にわたり、サスペンス状態が続く。その後、ストーンコート屋敷の所有者となったバルストロードが、農場の見回りをしながら、土地の管理についてケイレブ・ガースと話をしていたとき、突然ラッフルズが姿を現す。ラッフルズは、バルストロードに、「ニック」という愛称で親しげに呼びかけ、二五年ぶりに旧交を温めに来たと言う。ケイレブが気を利かせて立ち去ったあとのバルストロードの反応は、次のように描かれている。

バルストロード氏は、もともと顔色が悪いほうだったが、いまは実際、死人のような顔色になっていた。五分前には、彼の人生の広がりは夕日のなかに沈み、その照り返しは思い出のなかの朝まで輝かせていた。罪はあくまでも教義上の問題であって、心のなかで悔い改めていればよいように思えた。屈辱は、人に隠れた場所で味わっておけばよかった。自分の行動の意味は、個人的にどう考えるかの問題にすぎず、魂と関係づけたり神の意志にかなうように調節したりしていればいいのだった。それがいま、忌まわしい魔力でも働いたかのように、この騒々しい赤ら顔の人間が彼の前に立ち現れて、頑として動こうとしないのである。これまでに想像したこともないような形で、過去が懲罰となって姿を現したのである。（第53章）

これまで繁栄を誇っていたバルストロードの人生は、この男の出現によって、一気に影が差す。ここでバルストロードの心のなかが照らし出され、「罪」「屈辱」という言葉が、彼の内心にちらつき出し、彼には実は後ろ暗い過去があったことがほのめかされる。これまでは、自分ひとりの心のなかに秘密を隠して、ただ悔い改めていればよかったのだが、そのままではすまなくなり、「過去が懲罰となって姿を現した」ように、彼は感じている。信心深い人間として誇り高く生きてきたバルストロードの偽善性が、このあと本格的に暴かれていくことになるという転換点である。

ここで、《バルストロードの過去の罪の秘密とは何なのか?》というミステリーが生じる。バルストロードを脅すラッフルズは、彼の過去の秘密を、読者の前でちらりちらりと明かし始める――「あれは何年前のことかな! 奥さんは、もうだいぶん前に死んだんだろう。娘さんが貧乏していることも知らずに、あの世へ行ったってわけかな?」「まったく、あんたはおれのおかげで得をしたが、おれのほうには何の得もなかったんだ。あれからおれはよく思ったんだが、ばあさんには、娘と孫が見つかったって、言ってやったほうが、よかったんじゃないかなあ」「あんたには言わなかったが、おれはあれからもう一回セアラを探してみたんだ。あの可愛い娘っ子のことが、気になったもんだからな」というように。

以後、ラッフルズは、バルストロードの周辺に出没しながら、彼を責め苛むことを楽しみつつ、恐喝を続ける。謎解きは、バルストロード自身の回想という形で、第61章で明かされる。彼の過去については、のちに改めて触れることにしたい［↓本書II―1　宗教］。

過去の傷が暴かれれば、銀行家、社会慈善家として築き上げたバルストロードの揺るぎない社会的地位は、足元から崩れてしまう。彼はどんどん追い詰められていき、何とかラッフルズを排除したいと願う。ラッフルズは脅迫を続けるうちに、病気で倒れ、バルストロードの看病を受けることになり、意外な顚末（てんまつ）となっていく。このプロセスでは、サスペンスが高まり、作品はにわかに犯罪小説のような様相を帯び始める。結末にどのようなサプライズが待っているかは、あとで詳しく述べることにする［↓本書II―11　犯罪］。

10 マジック・リアリズム magic realism

超自然とは何か

フランスの文学理論家ツヴェタン・トドロフは、超自然をめぐる物語を三つのカテゴリーに分類し、合理的に説明できない場合を「驚異」、合理的説明が可能な場合を「怪奇」、自然な説明と超自然の説明との間で決定不可能のまま揺れ動く場合を「幻想」と呼んだ（トドロフ、第二章・第三章）。たとえば、ゴシック小説（一八世紀後半から一九世紀初頭に流行した恐怖小説）において、石像がしゃべったり、幽霊が現れたりするというような現象は「驚異」である。それに対して、『フランケンシュタイン』の怪物は、生命創造の方法を発見した科学者によって死体を材料として造られたという合理的説明が与えられているので、「怪奇」に属すると言えるだろう。他方、エミリ・ブロンテの『嵐が丘』（一八四七）で、語り手ロックウッドが夢で見たキャサリンの幽霊は、「幻想」に位置づけられそうだ。なぜならこの出来事は、ロックウッドがキャサリンに関する知識をもとに夢を見たという自然な説明と、キャサリンの幽霊がロックウッドの夢のなかに現れたという超自然の説明との間で、決定不可能のまま揺れ動き続けるからである（キャサリンの幽霊の出現を長年待っていたヒースクリフは、後者が真実であると受け止めた）。

この三つの分類のなかで、リアリズム小説と折り合いがつくのは、一般には、「怪奇」と「幻想」であると考えられる。しかし、合理的には説明がつかない「驚異」を、リアリズムに立脚した作品に取り入れようとする技法的試みもある。人間を描くなかで、超自然的要素を完全に切り離すことはできず、リアリズムを徹底的に貫くこと自体が、不自然と言えるのかもしれない。超自然的要素がリアリズムを侵犯するという様式を、「マジック・リアリズム」という。これは、現代ラテンアメリカ文学と結びつけて考えられることの多い手法で、代表的作家には、アルゼンチンのホルヘ・ルイス・ボルヘス（一八九九～一九八六）、コロンビアのガルシア＝マルケス（一九二八～二〇一四）、キューバのアレホ・カルペンティエール（一九〇四～八〇）などがいる。他の国では、ドイツのギュンター・グラス（一九二七～二〇一五）、イタリアのイタロ・カルヴィーノ（一九二三～八五）、イギリスのアンジェラ・カーター（一九四〇～九二）などが、このような方法を積極的に取り入れようとした。

ロッジは『小説の技巧』において、マジック・リアリズムについて説明するさい、チェコの作家ミラン・クンデラ（一九二九～）の『笑いと忘却の書』（一九七九）を取り上げて、人物たちが上空に舞い上がり、空中で浮遊する箇所を例示している。『ミドルマーチ』には、ここまで重力に逆らうような突飛な出来事は起こらない。しかし、ありえないことが起こらずとも、起こりそうな予感を覚えさせる箇所はいくつかある。次にいくつか例を挙げてみよう。

肖像画の変貌

第9章でドロシアは結婚前、新居の下見のために、カソーボンのローウィック屋敷を訪ねる。かつてはカソーボンの母親の部屋だったドロシア用の私室の壁には、細密画がいくつか飾られていたが、ドロシアはそのなかで特に、ひとりの美しい女性の肖像画に目を留める。カソーボンの説明によれば、その絵の女性は、彼の母の姉ジュリア（すなわち彼の伯母）で、不幸な結婚をして家を出た人物であるということだった。このあと庭を散歩していたとき、ドロシアはスケッチをしている青年に出会い、カソーボンから、親戚のウィル・ラディスローであると紹介される。

新婚旅行から帰って来たドロシアは、結婚前の期待に反し、新居の内外の眺めがすっかり色褪せてしまったように感じる。次の一節は、ドロシアが、自分の私室を見回しながら憂鬱に陥っている箇所に続く部分である。

部屋のなかにある思い出のものひとつひとつが、魔法を解かれ、明かりの灯っていない透かし絵のように光を失ってしまった。視線を彷徨（さまよ）わせているうちに、彼女はいくつかの細密画に目を留め、ついに新たな息吹と意味を持つものに出会った。それは、カソーボン氏の伯母ジュリア――ウィル・ラディスローの祖母で、不幸な結婚をしたというあの女性――の細密画だった。ドロシアは、その絵がいまも生きていると想像することができた。その女性の、芯が強そうだが繊細な顔には、どういう人なのかわかりにくい特徴があった。彼女の結婚が不幸なものだと思ったのは、身内だけだったのだろうか？　それとも、本人もその結婚が失敗だったと思い、夜のしじまに溜め息をついて、涙のほろ苦さを味わったのだろうか？　この肖像画を初めて見たとき以来、ドロシアはなんと多くの経験をしたことか！　彼女は、肖像画に対して新たな親近感を覚えた。まるで、それが自分の話を聞いてくれる耳を持ち、自分がこうして見ていることもわかってくれるような気がしたのだ。この女性も、結婚の難しさというものを知っていたのだ。いや、そうではない。絵の顔は色がだんだん濃くなり、唇や顎が大きくなり、髪の毛や目が光を放ち、男の顔になっていった。そして、彼女をじっと見つめるその目は、あなたはとても面白い人だから、あなたが瞼をかすかに動かしただけでも、ぼくはそれに気づき、その意味を読み取りますよ、と言っているようだった。その顔が鮮やかに心に浮かんできたことで、ドロシアは心地よいほてりを感じた。彼女は自分が微笑んでいるのに気づき、細密画から身を離して座り直し、自分の前にいる人に話しかけるかのように、見上げた。（第28章）

早くもカソーボンとの結婚が失敗だったことに気づき始めていたドロシアは、「不幸な結婚をした」という共通点から、ジュリア伯母に親近感を覚える。まるで肖像画が生きていて、自分の話を聞いてくれているように感じる辺りから、〈マジック〉が働き始める。ドロシアが眺めているうちに、「絵の顔は色がだんだん濃くなり、唇や顎が大きくなり、髪の毛や目が光を放ち、男の顔になっていった」という超自然現象が起きるのである。そして、その顔は、新婚旅行中にローマで出会ったラディスローの顔に変貌する。

では、ウィル・ラディスローとは、どのような顔の人物なのだろうか。新婚旅行でローマに滞在中、カソーボンの留守中にウィルがドロシアを訪ねて来る。彼の帰りぎわに、カソーボンが帰宅し、二人の男性の対照性が露わになる箇所の描写を見てみたい。

カソーボン氏はいつもより機嫌が悪かったせいもあり、いっそうくすんで色褪せて見えた。ただでさえ、この若い従弟の容貌との対照で、そのように見えやすいというのに。ウィルの第一印象は、日光のように明るく、そのために表情も変わりやすいことだった。たしかに、彼の顔立ちは表情のみならず形まで変わってしまう。顎(あご)が大きく見えることもあれば、小さく見えることもあり、鼻に小じわができると、顔形が変わってくる。さっと顔を動かすと、髪の毛から光が振りまかれるようなイメージがあって、このきらめきが彼の才能の印であるように感じる人もいる。それとは対照的に、カソーボン氏には光がなかった。（第21章）

ウィルの顔自体が、光のイメージを伴い、変幻自在で捉えがたいという印象がある。ドロシアが、光のない夫とは対照的なウィルに魅力を感じていることは、先ほどの引用箇所で、ジュリア伯母の変貌後の男性の顔を見て、彼女が心地よいほてりを感じて、思わず微笑んでいることからも察せられる。ところで、作品の冒頭章に、ドロシアとシーリアが、母親のかたみの宝石を分けるという出来事が挿入されている。ドロシアは、宝石のような装飾的な物はいらないと言っておきながら、エメラルドのきらめきに引かれ、それを欲しいと言い出す。このエピソードは、何を象徴［→本書I─8　象徴性］しているのか？　ドロシアの潜在意識のなかには、光に魅せられるという欲望があること、つまり、彼女がやがてラディスローに魅せられるようになることが、予示されているのではないだろうか。

肖像画が変貌する物語として有名なのは、オスカー・ワイルド（一八五四〜一九〇〇）の『ドリアン・グレイの肖像』（一八九一）である。美貌の青年ドリアンの肖像画は、彼が悪事を重ねるにつれ醜く変貌し、それに耐えきれなくなったドリアンが、絵にナイフを突き刺すと、逆に自分が醜い老人の姿となって死に、肖像画がかつての美しさを回復する。これは、超自然現象そのものが、テーマの根幹に関わる作品である。

幻想を見るリドゲイト

リドゲイトは科学者である。したがって彼は、非科学的・超自然的なことを、最も信じないたちの人間である。しかし、彼は、作品中で何度か白昼夢あるいは幻想のようなものを見ている。次の箇所は、経済的苦境に悩むリドゲイトが、借金の返済に奔走して疲れきって帰宅し、自分の目の前でお茶を入れているロザモンドに目を向けながら、物思いに耽る場面である。夫の苦しみをまったく理解しようとせず、無言で不満を漂わせている無神経な妻の姿を見つめながら、リドゲイトの脳裏には、夫の仕事の悩みを分かち合いたいと痛切に願っていたドロシアの不思議な印象の記憶が蘇ってくる。

お茶が入れられている間に、こうした記憶が次々と走馬灯のように、そして夢を見ているかのように、リドゲイトの心に浮かんできた。瞑想の最後の瞬間、目を閉じると、彼の耳元にドロシアの声が聞こえた。「お教えください。私に何ができるか、お考えください。主人は生涯ずっと苦労して、自分の研究に前途をかけてきたのです。主人は、そのことだけを気にしているのです。私もただそのことだけが、気になるのです」

深い魂を持った女性の声が、いまも彼の心のなかに留まっていた。それは、死んで王座に祭られている天才に対して燃え上がるような感動の念が心のなかに留まり続けているようなものだった（高貴な感情を持つ才能というものがあって、それが人間の精神やそれが帰結する行方をも支配しているのではないだろうか？）。音楽のようなその声が、彼から遠ざかっていき、実際、彼は一瞬まどろんでしまった。と、そのときロザモンドが、いつもの薄っぺらな鈴の音のような声で、「お茶が入りました、ターシアス」と言って、彼の脇にある小さなテーブルにお茶を置くと、彼のほうを見もせずに、もとの場所に戻った。（第58章）

ここでリドゲイトは一瞬まどろんでいる。その直前に、「死んで王座に祭られている天才……」というようなジョージ・ゴードン・バイロン（一七八八〜一八二四）の『マンフレッド』（一八一七）からの引用が挿入されていることで注意が逸れがちだが、眠りに推移するこの瞬間、リドゲイトが何らかの幻覚に陥っていることが暗示されているとも言えるのではないだろうか。彼の潜在意識のなかに、《もしドロシアが自分の妻であったなら》という仮定が浮かび、一種の転嫁現象が生じていると見ることも可能だろう。研究への没頭を痛切に願うリドゲイトと、夫の研究を助けることのみをひたすら願うドロシアこそ、魂の質のうえでぴったり適合した組み合わせであるという皮肉に、私たちは気づかざるをえない。男女としては互いに親和力を持たない彼らが、魂の内奥でつながるさまを、この幻想的な一瞬は、強烈に描き出していると言えるだろう。しかし、この場面はリドゲイトにとって運命を転換させるきっかけにはならない。結局、リドゲイトは、ロザモンドの声で目覚め、現実に戻っていくのである。リドゲイトはロザモンドへの執着からどうあっても逃れられない宿命的弱さを負った人間として、このあとも描かれ続けるのである（廣野訳『ミドルマーチ　3』読書ガイド2）。

いよいよ家が差し押さえられ、ロザモンドがショックで倒れるに及んで、リドゲイトはついにバルストロードに援助を請うが、冷たく拒否される。しかし、ラッフルズの病状が悪化したとき、病人の死を願うバルストロードは、医者を味方につけておきたくなり、考えを改めて、リドゲイトに千ポンドの小切手を与える。これで負債がすっかり解決して、やり直せるだろうと思ったリドゲイトは、喜びで心が躍る。次の一節は、そのあと帰途についたリドゲイトの心境を述べたものである。

いったん断ったことを、もう一度考え直したということは、バルストロードの心の動きとしてごく自然であるように、リドゲイトには思えた。それは、バルストロードの性格の寛大な側面と、いかにも合致しているようだ。しかし、早く家に着いて、よい知らせをロザモンドに伝えたい、そして銀行で小切手を現金に替えて、ドーヴァーの代理人に支払いをすませたい、と思いながら馬を走らせていたとき、彼はふと心によぎった思いから、不快な印象を覚えた。この数か月のうちに自分のなかで生じたコントラスト――いまの自分が強力な個人的恩義を受けて大喜びしていること――バルストロードから私的な金を出してもらって狂喜していることを思うと、黒い翼を持った不吉な前兆が目の前を飛び過ぎていくような錯覚を感じたのである。（第70章）

「黒い翼を持った不吉な前兆が目の前を飛び過ぎていくような錯覚」とは、リドゲイトが一瞬、悪魔の姿を垣間見たということである。この翌日、ラッフルズは死ぬ。この死をめぐってスキャンダルが巻き起こり、リドゲイトは疑惑から逃れられなくなる。実はそうなる前から、リドゲイト自身がすでに、悪魔に身を売ってしまったような予感を覚えていたことが、この錯覚によって暗示されていると言えるだろう。

ドフトエフスキーの『カラマーゾフの兄弟』では、イワンがスメルジャコフから、あなたに促されて父フョードルを殺害したと告白されたあと、自宅に帰って悪魔と出会い、長々と対話を交わす部分がある。語り手は、イワンが「幻覚症」の出る直前の状態にあったと説明していて、イワン本人は自分が悪夢を見ているのかどうかと迷っているが、悪魔は自分の存在を主張している。ドストエフスキーの悪魔は翼を持たず、スーツに身を包んだ中年紳士の姿である。ともあれ、悪魔は、リアリズムに立脚した小説にもときおり姿を現すようである。

11 ポリフォニー polyphony

小説の言語的特性と「声」

作者の単一の声によって統一されている「モノローグ」とは異なり、多様な考えを示す複数の声がそれぞれ独自性を保ったまま互いに衝突する特性を「ポリフォニー」[↓前著I—9 声]と呼ぶ。ロシアの批評家ミハイル・ミハイロビチ・バフチンによれば、詩的ジャンルはモノローグ的で、単一の言語の内部で芸術意識が直線的・直接的に表現されるのに対して、小説は対話的で、言語的多様性を含む。小説の言語においては、「ある諸要素は直線的・直接的に作者の意味と表現の志向を表現し、別の諸要素は、これらの志向を屈折させる」、つまり、「散文作家は、言語に自分自身を完全には委ねることなく」「言語を半ば他者のもの、あるいは完全に他者のものにとどめて」おくことができると言う（バフチン、第二章）。したがって、「ポリフォニー」的であることは、小説という文学形式に共通する特色なのである。

　本書でこれまでに論じてきたことは、すべて『ミドルマーチ』のポリフォニー的な性質に関する説明の一部をなしているといっても過言ではない。たとえば、登場人物たちの声は、各々の階級や職業、性別、性格などに応じて、それぞれ独自の言い回しの特徴を持つことが、次第に明らかになってきた。「**5　会話**」では、ブルック氏やカドウォラダー夫人の発話の特徴について例示した。また、人物同士の対話から何らかの現象が生じてくるさまについては、フェアブラザーとリドゲイトの対話を例に挙げた。「**6　手紙**」では、カソーボンやドロシア、ラディスローの手紙を例に挙げて、彼らの文体の特徴を見た。他方、語り手がいかに多様な声色・口調を持ち、さまざまな介入の仕方をしているかについては、「**3　語り手の介入**」「**4　パノラマ**」「**7　意識の流れ**」などでも見てきたとおりである。時として語り手は、登場人物の心理を辿ったり意識を映し出したりすることによって、彼らの代弁をしていることもある。

　また、『ミドルマーチ』では、町の人々のさまざまな声を重層的に示すことによって、「噂」が形成されていく過程を描く場合がおりおり見られる。ここでは、そのような例を挙げてみよう。

反対運動の形成

バルストロードとリドゲイトが中心になって推し進められた新病院設立運動に対して、ミドルマーチでは、猛烈な反対運動が起こる。リドゲイトはその運動を、自分に対する医者たちの嫉妬と偏見と見なし、バルストロードは、自分が及ぼそうとしている宗教的影響に対する人々の憎悪と悪意を、そのなかに見る。「しかし、こうした見方は、いわば与党側の考え方である」と述べたうえで、語り手は、次のように反対運動に加わる人々の声を伝える。

他方、野党側の反対意見は、知的な人々の間に留まるわけでもなく、どこまでも無知な下辺へと広がっていく。たしかに、新病院とその管理についてミドルマーチで出た反対意見には、ただ同じものが反響しているだけということも多かった。誰にでも独創的な意見を言えるような頭があるというわけではないのだから、それはしかたない。とはいえ反対意見はミンチン医師の洗練された穏健な説から、スローター通りのタンカード亭のおかみドロップ夫人の辛辣な言い分に至るまで、あらゆる社会階層から出たものだった。

ドロップのおかみは、こんなふうにまくし立てた――リドゲイト先生は患者に毒を盛るわけではないとしても、とにかく病院で死なせるつもりなのだ。それは遺体を解剖したいからにほかならない。…(中略)…なんとも情けない話じゃないか――ちゃんとした医者なら、病人が死ぬ前に診断を下すべきなのに、死んだあとで身体のなかを覗こうとするとは。解剖が目的でないというなら、何が理由か聞きたいものだと、ドロップのおかみは言いながら、どんどん確信を強めていく。彼女の話を聞いている客たちのなかには、彼女の意見が防壁の役割を果たしていて、それが崩れたら、際限なく解剖が行われるようになる、というような共通の思いがあった。（第45章）

あらゆる社会階層を含めたさまざまな反対意見を、語り手は紹介していく。まずは、ここで見たとおり、酒場のおかみドロップ夫人の言い分が取り上げられる。彼女は、リドゲイトが医学の研究のために行う解剖に対して強い偏見を持ち、このような医者が責任者を務めるような病院では、患者が次々と死ぬことになると恐れるのである。酒場の客たちは、おかみの意見から、少なからぬ影響を受ける。

リドゲイトが薬を処方しない方針をとったことに対して、激しい反感が生じていたことを、引き続き説明するにあたり、語り手はさまざまな人々の声を紹介していく。外科医のトラー氏やレンチ氏、産科医ギャンビッド氏をはじめとする同業者たちは、リドゲイトのやり方は、薬を処方している自分たちに対する挑戦、ないし妨害であるとみなす。また、患者たちのなかでも、食料雑貨店主モームジー氏とその妻、町役場書記ホーリー氏、皮なめし業者ハックバット氏をはじめ、薬を信奉している人々の層は厚かったが、リドゲイトの方針は彼らの反感をも煽（あお）った。このように、大衆の意見や感情によって、反対運動というひとつの大きな流れが形成されていく過程が、多声的に示されているのである。

醜聞の形成

ラッフルズが死んだ直後には、リドゲイトが病人の治療に当たったことについて、誰も気に留める人はいなかった。そのあと、さらなる情報が流れたことをきっかけに、たちまちスキャンダルが形成されていく。そのくだりを見てみよう。

しかし、リドゲイトが、急に家の差し押さえから逃れたばかりか、ミドルマーチで作った借金を全部支払ったという噂がたちまち流れると、憶測や解説が加わってだんだん膨らんでいき、新しい形を帯びて勢いがついたあげく、ホーリー氏はじめいろいろな人たちの耳に入った。噂を聞いた人たちは、急にリドゲイトの金回りがよくなったことと、バルストロードがラッフルズの陰口をもみ消したがっていたこととの間には、いわくありげな関係があることに、ぴんときた。リドゲイトの金がバルストロードから出たものであろうことは、直接の証拠がなくても、間違いない。というのも、リドゲイトの借金については、義理の父ヴィンシー氏の側からも本人の親戚の側からも、援助してもらえそうにないことが、前もって噂で知られていたからである。また、直接の証拠は、銀行の係員の口から出た言葉で明らかになったし、何も知らないバルストロード夫人自らも、夫がリドゲイトに金を貸したという話を、プリムデイル夫人に伝えてしまったのである。そして、プリムデイル夫人はこのことを、トラー家から嫁いできた義理の娘に話し、この義理の娘が誰彼となく伝えてしまったのである。これは社会的な重大事件のように思われたので、夕食の席上の話題にする必要が出てきた。そこで、バルストロードとリドゲイトをめぐるこのスキャンダルの勢いに乗って、方々で人を夕食に招いたり招かれたり、といったことが盛んに行われた。…(中略)…グリーン・ドラゴン亭からドロップ亭に至るまで、どこの宴会場でも、みな興味津々だったが、その熱意たるや、上院が選挙法改正法案を否決するかどうかという問題などからは引き出せないほどのものだった。(第71章)

バルストロードがラッフルズの存在を消したがっていたことと、リドゲイトがバルストロードから金を受け取ったこととが、人々の頭のなかで結びつき、人から人へと伝えられていくうちに、憶測が膨らんで、噂としてどんどん勢いを増して盛り上がっていくさまが、ここからはうかがわれる。夕食の席上や宴会場など至るところで、それが話題として取り上げられ、噂が拡大していくさまには、あたかも現代のソーシャルネットワーキングの原型が示されているようである。

12 部立て／章立て
books／chapters

出版形式と区切り

初期のイギリス小説には、ダニエル・デフォー（一六六〇〜一七三一）の『ロビンソン・クルーソー』（一七一九）や『モル・フランダーズ』（一七二二）のように、区切りのないものもある。しかし、長編小説はかなり長い散文物語なので、通常、テクストを区切って、切れ目を示すという方法が取られる。区切りには、「巻」「部」「章」などがある。

このような区切り方は、出版形式の影響を受けている場合が多い。たとえば、一九世紀イギリス小説の場合は、三巻本という形で出版されるのが主流だった。このような慣習から、作家たちは三巻構成を意識して創作する場合が多かった。ただし、出版のどの段階で三巻本になるかによって、事情は多少異なる。

ひとつは、最初から完成原稿をいきなり本として出版する場合。たとえば、ジェイン・オースティンやシャーロット・ブロンテ（一八一六〜五五）の小説、メアリ・シェリーの『フランケンシュタイン』などは、そのような例である。もうひとつは、はじめは雑誌に連載したり、分冊刊行の形で発表したりして、シリーズが終わったあとで、改めて三巻本の形で刊行される場合。サッカレーやディケンズ、ウィルキー・コリンズ（一八二四～八九）、エリザベス・ギャスケル（一八一〇～六五）などの小説には、このような発表形態のものが多い。この場合、三巻構成のみならず、連載や分冊の区切り方についても強く意識される傾向がある。批評家マージョリ・ボウルトンは、シリーズ形式が小説の構造に与える影響として、第一に「ショッキングなひと言、はらはらするような状況、決定的ジレンマ等、興味の盛り上がったところでシリーズの一回分が終わる」こと、第二に、「一回分ごとに一種の結末、ある種の統一が求められる」（Boulton, p.53）ことを挙げた。ディケンズの後期のシリーズ形式作品は、第一の特徴が表れた典型的な例であり、たとえば『大いなる遺産』（一八六〇～六一）は、アメリカでは『ハーパーズ・ウィークリー』誌で、イギリスではディケンズ自身が主宰する『オール・ザ・イヤ・ラウンド』誌で週刊連載され（ディケンズは同時に月刊分冊による九つの区分も意識して創作した）、劇的なプロットが実に緊密に構成されている。他方、サッカレーは、第二の特徴が表れた代表的な作家で、ひと区切りごとに完結性を持たせながら、果てしなく長い作品を書くことを得意とし、『ペンデニス』や『ニューカム家の人々』は、当時の分冊形式としては最長と言われる二四分冊にも達した。

ジョージ・エリオットは、『ロモラ』（一八六三）をサッカレー主宰の月刊雑誌『コーンヒル・マガジン』で連載しているが、ストレスの多いこの出版形態を、あまり好まなかったようだ。『アダム・ビード』（一八五九）も『フロス河の水車場』（一八六〇）も、出版社からは雑誌連載の話があったが、結局、いきなり三巻本の形で出版している。

『ミドルマーチ』は、分冊刊行により、八回に分けて出版された。一回分は「一部」（one book）よりなり、一八七一年一二月にスタートして、最初の六回は二か月ごとに、最後の二回は一か月間隔の刊行となり、一八七二年一二月に完結した。分冊刊行が終わったあと、一八七三年に四巻本で出され、一八七四年には第二版として、一巻本の廉価版が出た。

このような出版形態の影響もあり、『ミドルマーチ』では、部立てに対する作者の意図の跡が見られる。各部（すなわち分冊一回分）は、およそ同じぐらいの分量から成り立ち、それぞれに部題が付けられている。「ミス・ブルック」（第1部）、「老いと若さ」（第2部）、「死を待ちながら」（第3部）、「三つの愛の問題」（第4部）、「死の手」（第5部）、「未亡人と妻」（第6部）、「二つの誘惑」（第7部）、「日没と日の出」（第8部）というように、部題は、各部がそれぞれのテーマを持ち、ある種の完結性を含んでいることを示す。また、カソーボンが妻ドロシアに対してラディスローへの嫌悪感を示す第2部の結末、メアリがフェザストーンの死を発見する第3部の結末、ラッフルズがバルストロードのもとからいったん去っていく

第5部の結末、ドロシアとラディスローが別れを告げる第6部の結末のように、次の部へとつなげるためにサスペンスやジレンマによって盛り上がるように工夫されているさまがうかがわれる。

章の配列

出版形式に関わらず、たいていの小説には、章という区切りがあり、作家はこの区切りに対して、何らかの技法的意識を持つ場合が多い。章ごとに、ある種の統一性や完結性が与えられる場合もあれば、中断の効果によって盛り上がり、次章への連続性が高められる場合もあるだろう。

『ミドルマーチ』では、すでに見たとおり、各章のはじめに「題辞」が掲げられ、章の内容との呼応関係が示されている［↓本書Ⅰ—2　題辞］。この点からも、各章がある程度完結性を持っているという特色がうかがわれる。

ここでは、章の配列の仕方によって、美的効果が見られる例をひとつ挙げておこう。第74章と第75章は、出来事が時間的につながっているだけではなく、互いに隣接することによって、内容的にも独特の効果を生み出している。第74章の冒頭では、次のように語られる。

ミドルマーチでは、自分の夫の評判が落ちたのに、妻がそのことをいつまでも知らないままではすまなかった。夫についてよからぬ事実が知られている、あるいは信じられたりしているというようなことを、その妻に面と向かってあからさまに言ってしまうと、女同士で親しい間柄を続けることは難しい。しかし、女が暇をもてあましているとき、突然、近所の人について悪い噂が耳に入ってくると、あれこれ道徳的な衝動が湧き上がってきて、黙っていられなくなるものだ。（第74章）

これは、ラッフルズ死亡事件に関する疑惑をめぐって、バルストロードとリドゲイトのスキャンダルが広がっていたのに、当の本人たちの妻であるハリエットとロザモンドだけが、その噂を知らなかったという状況について述べられた注釈である。バルストロード夫人は、夫とは正反対の真っ正直な人柄だったために、大方の人々から好意を抱かれていた。この章では、彼女の親しい女友達が、「気の毒なハリエットさん」のことをみなで噂し合って、彼女が真相を知ったらどんな気持ちになるだろうかと想像したり、すでにどの辺りのことまで知っているのだろうと憶測を繰り広げたりするさまが描かれる。そして、ついに自分に対する周囲の様子がおかしいことを察したハリエットは、兄のヴィンシー氏を訪ねて真相を聞き知るに至る。帰宅して部屋にこもった彼女は、これまで信じて尊敬していた夫に、不名誉な過去の秘密があったと知って、夫への信頼が根底から覆されるような衝撃を経験する。語りは次のように続く。

しかし、教育も中途半端にしか受けていないこの女性は、言うことも習慣も、おかしな寄せ集めにすぎなかったけれども、忠実な魂を内に秘めていた。人生の半ば近く、その繁栄をともにしてきた男、いつも変わらず自分のことを大切にしてきてくれた男に、いま罰が降りかかったからといって、彼を見捨てるようなことは、彼女にはできなかった。（第74章）

夫の悲しみを分かち合う決心に至ったハリエットは、部屋を出て、夫のところへ行く。前よりもしぼんで縮んでしまったように見える夫に対して、「初めて感じた哀れみの情と、長年の愛情が、大きな波のように彼女を襲った」のを感じ、彼女は夫の肩に優しく手をのせる。バルストロードはわっと泣き出し、ハリエットは夫の傍らに座って、二人はともに泣きながら、無言のままいたわり合う。これが、第74章の結末である。

続く第75章では、ハリエットの姪ロザモンドが、夫についての真相を知る過程が描かれる。章の冒頭は次のような一節から始まる。

恐ろしい差押人たちの姿が家から消え、不愉快な債権者たちに借金を払い終わってしまうと、ロザモンドは、少し明るさを取り戻した。しかし、楽しくはなかった。彼女の結婚生活は、何ひとつ彼女の希望を満たしてはくれなかったし、想像は破れてしまった。（第75章）

バルストロードの援助によって借金を払い終えたあとも、ロザモンドの不満が続いていた様子が描かれる。リドゲイトがいくら妻に優しくしても、彼女は「そんなものは、彼女に与え損なった幸せを償うための、つまらない代用にすぎない」としか考えなかった。ロンドンへ去ったラディスローがまた会いに来てくれるのを心待ちにし、彼との淡いロマンスを想像することだけが、彼女の唯一の慰めだった。ロザモンドは、夫に無断で何人かの人々に晩餐会への招待状を送る。招待状には残らず欠席の返事が来たため、不審に思ったロザモンドは、父ヴィンシー氏を訪ね、真相を聞き出す。衝撃を受けたロザモンドは、「これほど残酷な運命はない」と嘆き、自分は「恥ずべき疑惑の中心人物になるような男と結婚した」「自分は何も知らずにこんな男と結婚してしまったのだ。この男やその親戚が、自分にとって名誉になるものと思い込んで」と、リドゲイトとの結婚を後悔する。妻の態度の変化に気づいたリドゲイトが尋ねると、ロザモンドは、父からすべてを聞いたと冷淡に告げるだけである。リドゲイトは、妻が自分の潔白を信じようともしてくれず、ただミドルマーチから出て行くことだけを要求することに、絶望する。この章は、次のような一節で結ばれる。

互いに理解し合い決断できるときは、いつまでたってもやって来ないようだった。いや、むしろ、努力が無駄に終わったという思いで、ますます先が見えなくなった。二人は、心が離れたまま毎日暮らし続けた。リドゲイトは絶望感を抱きつつ、手持ちの仕事に出かけて行き、ロザモンドは——彼女がそう感じるのも、ある程度はもっともだったが——夫の振る舞いは残酷だと感じながら過ごした。ターシアスには何を言っても無駄だ。でも、ウィル・ラディスローが来たら、彼女は洗いざらい話すつもりだった。彼女はふだん口数の多い人間ではなかったが、自分がひどい目に遭わされていることをわかってくれる人が、彼女にも必要だったのである。（第75章）

こうして、似た運命に置かれた叔母と姪のありさまが、連続的に並列されたとき、その対照性が明らかになる。二人の女性たちの、不幸に直面したときの態度の違い、不遇な夫に対する接し方の違いは、それらが並べて描かれているために、いっそう際立つ。逆境に晒されたとき、いかに人間の本性が露呈するかということも、考えさせられる。同じく衰退する運命にあっても、妻から信頼を得られず責められ続けるリドゲイトの悲哀は、妻の許しに涙するバルストロードの悲哀よりも、いっそう色濃い。

13 クライマックス climax

再認と逆転

「クライマックス」とは、劇や小説で、筋から生じる葛藤や、作品の雰囲気から生じる興奮、緊張、高揚感などが高まって頂点に達し、解決ないし崩壊に向かおうとする分岐点となる箇所のことを指す。

アリストテレスは『詩学』において、ドラマで最も重要な要素は、〈再認〉、すなわち認知していない状態から認知へと変転することと、〈逆転〉、すなわち、これまでとは正反対の方向へ行為の成り行きが変転することであるとした。そして、「最も優れた再認は、逆転が同時に起こる場合である」と規定したが、これが起こる場合こそ、まさにクライマックスであると見なしてよいだろう。アリストテレスはその好例として、ソフォクレスの『オイディプス王』(ギリシア神話から題材を取った悲劇)を挙げている。テバイの王オイディプスは、自分が捨て子で、実の父親である前王を殺し母親と近親相姦を犯したことを〈再認〉すると同時に、「おまえは父を殺すだろう」という不吉な神託がはずれて幸福になると思い込んでいた状況から、不幸のどん底に陥るという〈逆転〉に至るのである(アリストテレス、第十一章)。

この規定に照らして、『ミドルマーチ』で顕著にプロットの転換が生じている箇所を挙げるとするなら、作品のなかでいくつかこれに該当する部分を指摘することができる。

小クライマックス——変身の瞬間

ドロシアは、カソーボンの死後、しばらく妹夫婦の屋敷に滞在していた。シーリアは、それまで夫に口止めされていたにもかかわらず、ある日、カソーボンの遺言補足書のことを、姉についい漏らしてしまう。それは、ドロシアがラディスローと再婚した場合には、彼女からすべて財産を取り上げるという内容だった。これを聞いて、ドロシアは赤面するが、シーリアが部屋を出たあと、ひとりになった彼女の様子は、次のように描かれている。

このときには、ドロシアの上気は冷めていて、また力なく椅子に身を投げかけた。この瞬間の経験は、自分の命が新しい形を帯びつつあるというような、ぼんやりとした狼狽させられるような感覚に譬えることができたかもしれない。自分が変身（メタモルフォーシス）を遂げつつあり、新しい器官の動きに記憶が追いつかないという感じである。すべてのものの様相が変わってきた。夫の行動、忠実な妻として夫に仕えようとする彼女自身の気持ち、夫婦間の衝突のひとつひとつ――さらには、ウィル・ラディスローと彼女との関係全体が、様相を変えてきたのである。彼女の世界は痙攣（けいれん）を起こしたように変動しつつあった。彼女が自分に向かってはっきり言えたことは、ただひとつ、焦らず落ち着いて、よく考え直さなければならないということだった。自分のなかに起こったひとつの変化が、まるで罪のようで、彼女には怖かった。亡き夫に対して激しい嫌悪感を覚えて、ぎょっとしたのだ。夫は本心を隠していたが、妻の言うことなすことをすべて曲解していたのだろう。すると、自分のなかにもうひとつの変化が起きたことを意識して、彼女はおののいた。突然、ウィル・ラディスローに対して、奇妙な思慕の念を覚えたのだ。どんな事情があろうとも、彼が自分の恋人になりうるとは、彼女は一度も想像したことはなかった。それなのに、別の人間が、ラディスローのことを、そんなふうに見ていたのだ。もしかしたら、ラディスロー本人も、そういう可能性に気づいていたのかもしれない。（第50章）

夫は、何よりも研究のことを大切に考えているものと信じていたのに、実は、自分の死後、妻がラディスローと結婚するのではないかと怖れ、何としてもそれを阻止しようと目論んでいたのだということを、ドロシアは〈再認〉する。期待していたほど、夫が立派な精神の持ち主でないことは、ドロシアも徐々に気づいてはいたが、ここまで卑小な精神の持ち主であると思い知って、彼女の認知は大きく変転するのである。それと同時に、夫に対する気持ちは激しい嫌悪感に変わり、突如、ラディスローに対する思慕の念が湧き上がるという〈逆転〉を経験したのである。これまで彼女は、ラディスローに対して抱いていた好意を、恋愛と結びつけて考えたことがなかったのだが、彼が恋人になる可能性が、初めて意識に生じたのだ。こうして新事実が明らかになり、〈再認〉と〈逆転〉が同時に起きたこの場面は、ドロシアとラディスローの関係が新たな様相を帯びてくる転換点をなしているため、作品中盤の小クライマックスとして位置づけることができるだろう。

このあとドロシアは、ローウィックの自宅に戻り、ほかに遺された書類がないかと探してみたが、カソーボンが妻に書き遺したものは、自分のやり残した仕事について妻に託した、内容の乏しい『梗概一覧表』しかなかった。しかしドロシアは、「私にはこの仕事はできません。私が信じてもいない仕事に希望もなく取り組んで、自分の魂をあなたに服従させるわけにいきません」（第54章）と一筆書いて、夫の書類とともに封筒に入れ、封印して片付ける。こうして夫との関係を心のなかで断ち切ったあと、彼女はラディスローに会いたいという思いに駆られるのである。

クライマックス——目覚めの瞬間

ドロシアは、スキャンダルに巻き込まれ危機に陥ったリドゲイトに援助の手を差し伸べようと思い立ち、リドゲイト宅を訪ねる。部屋に入るやいなやドロシアは、ラディスローとロザモンドが親密にしている場面に出くわし、衝撃を受けて家を飛び出す。無我夢中で次々と行動を続けたあと、帰宅したドロシアは、部屋の床に倒れこむ。絶望のなかでドロシアは、自分がラディスローに恋心を抱いていることをはっきりと自覚し、嫉妬と怒りに狂ううちに、精根尽き果てて泣きながら眠りに落ちる。

しかし、翌朝目覚めたとき、ドロシアの情念の嵐は鎮まり、心は悲しみに満たされていた。彼女は前日の出来事を冷静に振り返り、「悲しいからこそ、自分は努力を惜しまず、もっと人の役に立とうとしなければならないのだ」という思いに至る。そのあと、次のような窓辺の情景描写が続く。

朝の光が部屋に射し込んできた。彼女はカーテンを開けて、道のほうを眺めた。入口の門の向こうには、牧場が見渡せた。道には、荷物を背負った男と、赤ん坊を抱いた女がいた。牧場には、動いているものが見えた。犬をつれた羊飼いかもしれない。はるか彼方の弧を描いたような空は、真珠のように光り輝いていた。彼女は、世界は大きいのだと感じた。多くの人々が朝目覚めて、労働へと向かい、辛抱強く生きているのだと思った。自分もまた、自ずと脈打っているその生命の一部なのだ。贅沢な隠れ場から、たんなる傍観者としてそれを眺めているわけにはいかないし、目を背けて利己的な不満に浸っているわけにもいかない。（第80章）

世界は大きく、自分以外にも多くの苦労している人々がいること、自分はその世界という有機体の一部なのだということに、ドロシアは目覚める。そして、自分にできることは何かと考えたとき、いったんリドゲイトを助けるために行動しようとしていたのに、ロザモンドに対する怨恨やラディスローに対する怒りのために、ここで中断するわけにはいかないと思い立ち、彼女はふたたびロザモンドに会いに出かけるのである。これは、いままで人の役に立ちたいと願ってきたドロシアが、自分の認識の浅さを〈再認〉し、自らの生き方を根本から見直す場面である。自分が世界の中心ではないという発見は、人生における大きな転換点をなす。そういう意味では、これを〈逆転〉として位置づけることも可能だろう。この作品において最も印象的な場面とも言えるこの箇所は、クライマックスと呼ぶに相応しい。

ドロシアの英雄的行為に感謝と感動を覚えたロザモンドは、返礼として、ラディスローが愛しているのはドロシアだけであることを、彼女に伝える。こうして誤解が解けたあと、再会したドロシアとラディスローは、互いに愛を告白し合い、結婚を約束する。これは盛り上がりのある場面ではあるが、先に挙げた窓辺の目覚めの場面に比べると、読者にとっては、さほど劇的な〈再認〉とは感じられず、小クライマックスに留まっている。

ドロシアのみならず、ほかの人物のストーリーにも、それぞれのクライマックスがある。リドゲイトにとっては、ラッフルズの死にまつわる真相が集会で暴露され、自分がバルストロードから受け取った金が、賄賂であったことを知った〈再認〉の瞬間が、ミドルマーチの医学の発展のために尽くすという夢が途絶え、人生が〈逆転〉する転換点となった。それは、バルストロードの人生にとってもクライマックスをなす瞬間だった。なぜなら、彼はラッフルズの死によって秘密が守られ、救われたものと思い込んでいたのに、その場で自分の地位が絶望的に失墜したことを〈再認〉し、彼の人生行路が文字通り〈逆転〉してしまったからである。

14
天候 weather

技巧の要素としての天候

ロッジは、『小説の技巧』において、天候について考察し、一九世紀ごろから、小説家は作品のなかで天気のことを頻繁に話題にするようになったと指摘している。「それは、ロマン主義の詩や絵画において自然に対する鑑賞眼が鋭くなった結果であり、また、文学の関心が、個人の自我や、外界の知覚と人間の感情との関係に対して向けられるようになったからでもある」(Lodge, p.85) と、ロッジは理由を説明している。

ここでは、小説のなかで「天候」が、文学的効果を生み出すための技巧の一要素として用いられている場合について考えてみたい。

感傷的誤謬　pathetic fallacy

イギリスの批評家ジョン・ラスキン（一八一九～一九〇〇）は、『近代画家論』（一八四三～六〇）において、自然や無生物などに人間の属性や感情を賦与することを、「感傷的誤謬」と呼んだ。ロマン主義の詩人たちや二流詩人たちが、しばしば自分の強い感情に圧倒されて、自分の気分と外界を同一化し、世界を歪めて解釈し描写しようとすることを、思考力に欠けた病的な傾向であるとして、ラスキンは批判したのである（Ruskin, Vol.3, Part 4, Ch.12）。しかし、現在では、この用語は修辞的技法のひとつとして用いられ、本来の「誤謬」という悪い意味はない。小説において、わざとらしくないやり方で天候を用いれば、それに応じた気分を読者のなかに喚起するうえで、作家にとって効果的な方法ともなり得るだろう。たとえばエミリ・ブロンテの『嵐が丘』では、語り手ロックウッドとネリーが頻繁に天候に言及するが、劇的な出来事が起きるときは、たいてい嵐などの荒れ模様である。

『ミドルマーチ』においても、登場人物の感情が自然現象に投影されているように見える箇所が、いくつかある。たとえば、カソーボン夫妻が新婚旅行から戻って、ローウィックの新居に着いたときには、雪がちらついていた。次の一節は、それに続く箇所である。

　翌朝、ドロシアが化粧室から例の青緑色の私室へ入っていったときにはもう、ライムの長い並木が、白い地面から幹をもたげ、鈍重な灰褐色の空を背景に、白い枝を広げているさまが見えた。遠くの平地は、一面に真っ白で、低く垂れこめた白い雲のなかに消えていた。部屋のなかにある家具調度までが、前に見たときよりも萎縮してしまっているように見えた。タペストリーの雄鹿は、陰気な青緑色の世界のなかで、幽霊のようにいっそう陰気に見えた。本棚の上品な文学全集は、そこから動かせない模造品のようだった。（第28章）

ドロシアが窓の外に見た陰鬱な雪景色は、カソーボンとの結婚に早くも失望した彼女の寒々とした心を映し出しているようである。一面に真っ白の平地や、低く垂れこめた白い雲は、彼女の目の前にある人生の平坦さや、どんよりと曇った平凡な日々を象徴しているようである。加えて興味深いのは、家具調度までが萎縮して見えるという表現である。先に、家具・調度を、世俗性の象徴として取り上げたが［↓本書I―8 象徴性］、物欲の乏しいドロシアを描くさいには、それが人間の欲望をそそる原因ではなく、心理を投影した対象として扱われているのがわかる。

もう一例挙げておこう。前項目の最後に、「小クライマックス」として触れた、結末近くでドロシアとウィル・ラディスローが対面する場面からの抜粋である。

二人は互いに顔を合わせないまま、黙って立っていた。そして、暗くなっていく空を背景に白い葉の裏を見せながら揺れ動く常緑樹を眺めていた。ウィルは、嵐がやって来るのを、これほど嬉しく思ったことはなかった。そのおかげで、帰らなくてすむからだ。木々の葉や小枝はあちこちに吹き飛ばされ、雷の音が近づいてきた。ますます薄暗くなった。稲妻が光ったとき、二人は思わずはっとして顔を見合わせ、微笑んだ。ドロシアは思っていたことを口にし始めた。

＊　＊　＊

彼が話しているとき、稲妻がぴかっと光り、照らし出された相手の姿を、二人は互いに見た。その光は、望みのない愛への恐怖感を示しているようでもあった。ドロシアは、窓から素早く離れた。ウィルは彼女を追って、発作的に彼女の手をつかんだ。二人は子供のように、手を握り合ったまま立ちすくんで、嵐を眺めていた。頭上で雷が割れるような音をたてて轟き、土砂降りになった。やがて彼らは互いの顔を見た。彼が最後に言った言葉の余韻が残っていたので、互いに手を離すことができなかった。

＊　＊　＊

「悲しまないでください」ドロシアは澄みきった優しい声で言った。「別れの悲しみは、いっしょに分かち合いましょう」

彼女の唇は震え、彼の唇も震えた。そして二人は、どちらからともなく近づき、震える唇を重ね合って、互いに身を離した。（第83章）

二人が室内で対面しているとき、外で嵐が起きる。この嵐は、愛し合いながらも絶望的な状況に置かれた彼らの、内面の激情を投影しているようにも見える。しかし逆に、嵐によって二人の感情が高ぶり、彼らを急接近させたように解釈できなくもない。雨が降り止んだとき、彼らは、運命に屈することなく貧しくとも二人で生きていくことを覚悟し、結婚を決意するのである。

運命の皮肉

むろん小説のなかでも、天候は必ずしも登場人物の感情に沿うとはかぎらない。ストーンコート屋敷の所有者となったバルストロードの目の前に、初めてラッフルズが過去の亡霊のような姿を現したときの天候は、どのように描かれているだろうか。バルストロードの心のなかの天気は、まさに荒れ模様だったことだろう。しかし、それは「ある夕方、太陽がまだ地平線上にあり、大きなクルミの木の枝の間から黄金色の光線が差してきたとき」で、「積み上げたばかりの干し草の山から漂う匂いと、木々が豊かに生い茂る古い庭の香りが混じり合う」実に心地よい雰囲気のなかで生じた出来事として描写されている。

ラッフルズの脅しを恐れたバルストロードは、その夜はひとまず彼をストーンコート屋敷に泊まらせ、翌朝に改めて話をしようと言って、いったん別宅に立ち去る。次の一節は、それに続く箇所である。

翌朝、彼がふたたびストーンコートに着いたのは、七時半よりも前だった。この立派な古い屋敷が、このときほど気持ちのいい我が家に思えたことはなかった。大きな白い百合の花が咲き、美しい葉に銀色の露が光っているキンレンカは、低い石垣の外へこぼれ、辺りの物音まで平和そのもののようだった。しかし、正面の砂利道を歩いているこの屋敷の主人にとって、すべては台無しになってしまった。（第53章）

花々が咲き誇り、露が光っているさまや、平和な雰囲気から、この朝が晴れた美しい日であることがわかる。このあとバルストロードはラッフルズと対面する。ラッフルズは、さんざん嫌がらせをしてバルストロードを苦しめたあげく、金を受け取ってひとまず立ち去って行く。この章は、次のように結ばれる。

こうして、バルストロード氏の目に映るストーンコートの風景から、醜い黒点は取り除かれた。しかし、その黒点がふたたび現れて、平和なわが家の炉辺からさえ消せなくなるかもしれないという恐怖を、彼の心から取り除くことはできなかったのである。

晴れやかな世界を背景にしているだけに、「黒点」のごときラッフルズの存在は、バルストロードにとってはいっそう目障りに思えることが、効果的に伝わってくる。世界が美しいゆえに、汚れはいっそう目立つのだ。このあとも、ラッフルズが出現するときは、なぜか好天気である（もしくは、天候が書かれていないので、少なくとも特筆するほどの悪天候ではないと考えられる）。

このように、天気のよさや周囲の自然ののどかさが、人間の心の闇をいっそう際立たせ、運命の皮肉を感じさせる場合もある。フランケンシュタインが、実験室にこもって人造人間を創る作業に没頭しているときにも、外の世界は、このうえもなく美しい秋の季節だった（廣野『100分 de 名著』、一〇─一三頁）。トマス・ハーディ（一八四〇～一九二八）の『ダーヴァビル家のテス』（一八九一）の女主人公テスが結末で処刑されるときにも、七月の朝の輝きと暖かさを帯び、町では大掃除日和ののどかな好天気の日だったと語られている。遠くの監獄の塔で黒旗が上がり、処刑が行われたことがわかるが、それは美しい世界のなかの一点の汚点にすぎない。あたかも世界がテスの悲惨な運命をまったく気に留めていないかのようなさまが、かえって悲哀を痛切なものに感じさせるとも言えるだろう（廣野『十九世紀イギリス小説の技法』、三四八─五三頁）。

15 エピローグ
epilogue

結末のあとに

「エピローグ」とは、本来、演劇の終わりにつけ加えられる納め口上で、観客に対して演劇の注釈をして、暇(いとま)を告げることに使用された。前口上を行う「プロローグ」［↓本書Ⅰ―1 プロローグ］に対応する。小説においても、「結末」［↓前著Ⅰ―15 結末］のあとに「エピローグ」が置かれる場合がある。

『ミドルマーチ』では、音楽用語の「フィナーレ」（終曲）と名づけられ、最初の「プレリュード」（前奏曲）と対応している。

フィナーレ――登場人物たちのその後

「プロローグ」では、まだ物語の登場人物は誰も現れていなかった。読者にとって未知の物語世界について、そこから一歩外に出て、語り手が何らかの前置きを述べようとするわけだから、「プロローグ」は往々にして漠然としていて難解であるということは、すでに述べたとおりである。それに対して、物語を語り終えた段階での語り手の口調は、はるかに平明になる傾向がある。「フィナーレ」（エピローグ）の冒頭で、語り手は次のように述べている。

果てまで行き着くと、終わりとなるが、それは同時に始まりでもある。これまで長らく若い人々の生き方を見てきたが、ここで彼らを置き去りにしてしまってよいだろうか？その後彼らがどうなったかを、知りたくないという人はいないだろう。

いまや馴染みの登場人物たちのその後については、読者にとって興味津々の内容であろうと、語り手は確信しているようだ。この作品の物語は一八二九年秋から一八三二年五月ごろまでの約二年半に設定されている(冒頭近くの第3章でドロシアとカソーボンの交際が始まったのは、「秋風の吹く」ころで、第15章でその年が「一八二九年」であったと述べられている。結末近くの第84章で「上院が選挙法改正案を否決した」と述べられているのは、一八三二年五月の出来事を指す。なお、同法案は六月に可決された)。したがって、物語本編では、時はゆっくりと進行していた。しかし、フィナーレには、その後の何十年という長い年月が含まれる。

「結婚は、これまで多くの物語の行き着く先であったが、大いなる始まりでもある」という書き出しから始めて、三組の結婚がいかに展開したかを、語り手は総括する。フレッドとメアリは結婚し、三人の子供が生まれ、父となったフレッドは立派な農場経営者として堅実に生き、彼らは確固たる幸福を築き上げたということが、挿話を交え、周囲の人々との関係と絡めつつ報告される。「もし問い合わせてみれば、いまでもフレッドとメアリがストーンコートで暮らしていることが、わかるかもしれない。…(中略)…そして、晴れた日には、幼い日に傘の輪っかで最初に結婚の約束をした恋人たちが、いまは落ち着いた白髪の姿となって、窓から外を眺めていることだろう」というように、語り手は長い年月を経て語っている。語り手の言う「いま」が、エリオットが作品を執筆している一八七一年の時点であるとするなら、結末から約四〇年たち、フレッドとメアリはいま六〇代ということになるだろう。

リドゲイトについては、その後ロンドンとヨーロッパ大陸の温泉地の間を行き来しながら開業医として成功したが、つねに自分を失敗者と見なし、伝染病にかかって五〇歳で死んだと告げられる。ロザモンドはその後、年をとった金持ちの医者と再婚して、繁栄したという。この夫妻の物語に関しては、最後まで、何とも言えないアイロニーが染みわたっている。

ドロシアとラディスローについては、次のように語られている。

ウィルは熱心な社会活動家になった。まだ改革が始まって間もなかった当時は、今日の私たちの時代とは違って、世の中がすぐによくなるだろうというような希望が漲(みなぎ)っていた。そうした時代に、ウィルの働きは功を奏し、彼はついに、ある選挙区から費用を負担してもらって、議員になるに至ったのである。ドロシアとしては、これ以上嬉しいことはなかった。世の中には不正があり、自分の夫がそれと立ち向かうための闘いに関わっていて、自分が妻としてその手助けをするというわけなのだから。ドロシアのことを知る人々はみな、彼女ほどの自立心のあるたぐいまれな女性が、ほかの人間の生活のなかに埋もれてしまって、たんなる妻、母として、ある狭い範囲のなかでしか知られていないのは、残念だと思った。では、彼女ができることで、なすべきことがほかにあるかといえば、誰も正確に述べることはできなかった。

結局ドロシアが行き着いたのは、世のために闘っている夫に、妻として手助けができるので、「これ以上嬉しいことはなかった」(Dorothea could have liked nothing better) という境地である。ドロシアがラディスローとの結婚を決意したとき、反対したシーリアが、お姉さんはいつも間違ったことばかりしてきたとたしなめると、ドロシアは、「私がもっと賢い人間だったらよかったということというのは、そのとおりよ、シーリア…(中略)…私がもっとましな人間だったら、もっといいことができていたかもしれないわね」("It is quite true that I might be a wiser person, Celia. ... and that I might have done something better, if I had been better." 第84章）と言う。つまりドロシアは、何か世の中のためによいことがしたかったのだが、賢い人間ではないために、たいしたことができないと自覚しつつ、ラディスローとの結婚を決意したのである。だから、《自分のような人間としてできるいちばんましなこと》を見つけることができて、《これ以上嬉しいことはない》と満足するに至ったのだろう。周囲の評価とは一致しなかったものの、ドロシアとしては、妻として母として生きながら、できる範囲でよいことをするのが、自分にとってちょうどよいという心境に達したのではないだろうか。

夫妻に子供ができたことをきっかけに、ドロシアの親戚との和解が成立し、ラディスロー家とティプトン屋敷やフレシット屋敷との交流が再開したこと、ブルック氏は長生きし、その財産がドロシアの息子に相続され、やがてこの相続人がミドルマーチを代表して議会へ送り込まれそうになったが、辞退したという遠い先のことまで言及される。演劇やミュージカルのフィナーレでは、最後に出演者が全員舞台に登場する場合があるが、まさしく大団円といったにぎにぎしさである。

テレサのテーマ、ふたたび

最後に、ドロシアの生き方とは何だったのかという問題に戻り、「プレリュード」のメロディーがふたたび繰り返される。こうして、「聖テレサ」のテーマの結論へと導かれるのである。物語で取り上げられたドロシアの二度の結婚は、いずれも理想的なものとは言い難かったが、「不完全な社会状況のただなかでもがいている人間が、若い高貴な衝動に駆られて、このようなごた混ぜの結果になってしまったのだ」と、語り手は説明する。

そういう状況では、偉大な感情が誤った様相を呈したり、偉大な信念が幻想のように見えたりすることも、少なくない。内面生活が強烈だからといって、外部の世界から影響を受けなくてもすむというような人は、いないからだ。新しい時代に生まれたテレサには、修道院生活を改革するような機会はない。同様に、新しい時代のアンティゴネは、兄を埋葬するために命を捧げるという壮絶な献身的行為に殉じることはないだろう。彼女たちの熱烈な行為を形にするような手段は、もはやいまの時代にはないし、これから先もないだろう。しかし、日常のなかで話したり行動したりしている私たち、名もなきふつうの人間たちのなかから、多くのドロシア的な生き方がこれからも生じてくるはずだ。そのなかには、私たちがよく知っているドロシアよりも、はるかに悲しい犠牲を払う者たちがいるかもしれない。

つまり、新しい社会状況のなかでは、熱烈な行為を形にするような手段がないということが、テレサ的生き方が不可能である根本的な原因だとされるのである。プレリュードでは、「後世に生まれたテレサ」「あちこちで聖テレサは生まれる」というような表現が見られたが、ここでは、「新しい時代に生まれたテレサ」「新しい時代のアンティゴネ」（ギリシア神話の登場人物アンティゴネはおじのテーバイ王クレオンの命に背いて、戦死した兄ポリネイケスの葬儀を行ったために、地下の墓地に生き埋めにされた）が、いつしか「多くのドロシア的な生き方」という表現へと移り変わっている。このように、聖テレサのテーマは、ドロシア的生き方へと収束していくのである。

引き続き、語り手は述べる。ドロシアの激しい情熱は、大河のように流れることなく、堰き止められた川のように、名もなき水路となって流れたが、それなりに良い実を結び、周囲の人たちに与えた影響はじわじわと広がっていった。「なぜなら、世の中がだんだんよくなっていくのは、一部には、歴史に残らない行為によるものだからである。そして、私たちにとって物事が思ったほど悪くないのは、人知れず誠実に生き、誰も訪れることのない墓に眠る、数多くの人々のおかげでもあるからだ」と、語り手は結ぶ。つまり、間違いだらけの人生でも、精一杯誠実に生きていくことに対して、最後に肯定の言葉を投げかけて、作者は作品を閉じるのだ。こうして、プレリュードの短調は、フィナーレでは長調へと緩やかに転じるのである。

Ⅱ　小説読解篇

批評史概略

『ミドルマーチ』は、分冊刊行により一八七一〜七二年に発表された当初から、イギリスにおいてすでに文学的評判が定着した作家の作品として、称賛をもって迎え入れられた。外的世界の出来事を描きつつ、登場人物たちの内的世界に焦点を当てることにより、人間に関する洞察を深めた『ミドルマーチ』が、同時代の小説のなかでも傑出した作品であることは、多くの批評家たちによって認められた。その一方で、ドロシアがカソーボンとの結婚を決意した不自然さや、語り手の風刺の辛辣さ（とりわけ、当時の価値観では魅力的な女性とされたロザモンドのような人物に対する語り手の敵意ともとれる厳しい態度）、作品に含まれたメランコリックな懐疑的雰囲気などに対する、戸惑いや批判の声も、当時の批評のなかには混じっていた。

エリオットの死後、十数年たった一八九〇年代ごろから、いったん彼女の文学の人気は低調になり、後期の野心的な作品よりもむしろ前期作品のほうがよく読まれるようになった。

しかし、二〇世紀前半~中期ごろから、エリオットの文学的価値が再評価され始めると、『ミドルマーチ』が彼女の文学の頂点に位置づけられるようになる。一九一九年、エリオットの生誕百年を記念した評論で、イギリスの作家ヴァージニア・ウルフは、『ミドルマーチ』を、「大人のために書かれた数少ないイギリス小説のひとつ」と呼んで、成熟度という観点から、この作品を英文学のなかで位置づけ直した。ケンブリッジ学派（一九二〇年代から三〇年代にかけて、それまでに支配的だった伝記的・歴史的批評様式を排し、テクストの精読を目指した批評家グループ）の批評家F・R・リーヴィスは、著書『偉大な伝統』（一九四八）において、イギリス小説史の主要な伝統を形成した作家のひとりとしてエリオットを挙げ、とりわけ『ミドルマーチ』の重要性を指摘した。また、英文学者のバーバラ・ハーディ（『ジョージ・エリオットの小説』、一九五九）やW・J・ハーヴィ（『ジョージ・エリオットの技法』、一九六一）は、『ミドルマーチ』の形式的側面に着目し、イメージの連続性などに見られる作品の一貫性を指摘することによって、作品の構成に欠陥があるとしたアメリカの作家ヘンリー・ジェイムズ［↓本書I―4　パノラマ］のかつての批判に反論を加えた。こうして、『ミドルマーチ』の文学的評価はさらに高まった。

一九七〇年代以降、諸々の批評理論［↓前著II　批評理論篇］の興隆によって文学の世界でさまざまな批評的アプローチが盛んになるに伴って、『ミドルマーチ』もその対象となってきた。ここでは、その一例として、フェミニズム批評に触れるに留めておく。作者が男性名をペンネームにした女性作家であることからも、本作品がフェミニズム批評の興味を刺激したことは、言うまでもない。女主人公ドロシアが、カソーボンの妻として献身的に生きることを志し、挫折したのちもラディスローとの再婚によって妻として母として生きる道を選ぶことは、一見、因習に服従する女性の美徳を体現しているかに見えるため、エリオットが家父長的社会観を肯定していると解釈する批評家たちもいる。他方、テレサのテーマには看過しがたいアイロニーが含まれているため、作品の随所に女権拡張論的な声が潜んでいるとする主張もある。エリオット自身は妻子ある男性との同棲生活のなかに幸福を追求し、職業的にも地位と名声を得ることにより因習を打破したが、その一方で、男女の役割を変えることには慎重な態度を保ち、革新的な考え方に対しては懐疑的で、女性解放運動に積極的に加わることはなかった。また、彼女は評論「女性作家による愚かな小説」（一八五六年、『ウェストミンスター・レビュー』掲載）において、軽薄な女性が低俗な小説を書き散らすことは、女性の教育への偏見を助長することになると批判し、同性作家たちへ向けて厳しい警告を発している（廣野訳『ミドルマーチ　2』読書ガイド6参照）。作家にまつわるこのような事実も、批評において論争を呼び起こす一因となっている。この点については、後の「3　社会」でジェンダーの問題として取り上げ、再考することとしたい。

＊　＊　＊

さて、第Ⅱ部の「小説読解篇」では、特定の批評理論の方法に捉われることなく、教養の諸部門に分けて、作品のさまざまな読解を試みていく。「地方生活についての研究」という副題を持つこの小説は、個人の問題から社会全体の問題に及ぶ広範囲な領域にわたって、多面的に取り組んだ作品であり、その分析の鋭さや洞察の深さは、文学作品でありつつもまさに〈研究〉と呼ぶに相応しい域に達している。以下、宗教・経済・社会・政治・歴史・倫理・教育・心理・科学・犯罪・芸術の一一部門に分けて、筆者の自説を中心に、この作品の読解例を示していきたい。各項目においては、作品の読解に先立ち、まずそれぞれの部門と文学との大まかな関連づけを示すことにする。

1 宗教 religion

宗教と文学

　宗教は、しばしば物語という形で伝道される。『聖書』が物語性に富み、挿話で満ち溢れているのは、具体的な実例という形を取ることが、多くの人々に真の理解を達成させるうえで効果的であるためだろう。一七世紀イギリスのピューリタンの説教師ジョン・バニヤン（一六二八〜八八）は、王政復古期に投獄され、獄中で『天路歴程』第1部（一六七八年）を書いた。これは本来、万人に信仰を説くために書かれた宗教書であった。しかし、主人公クリスチャンが妻子を捨てて「破滅の町」から逃げ出し、途中で「落胆の沼」や「虚栄の市」などを経て、苦難の末に「天都」に至るまでの道程を書いているうちに、バニヤンは実在感のある人間を真に迫った筆致で描くことに力を注いだために、出来上がった作品は実に文学性豊かで、小説の元祖と位置づけられるまでになった。『天路歴程』は、比喩的な物語によって、隠された宗教的意味を伝えようとする寓話の形をとりつつ、人間を生き生きと描いている。このように、宗教は、文学へと接近する性質を含んでいるのである。

聖職者から求道者へ――三つのタイプ

一九世紀のイギリスでは、前世紀に信仰回復運動が起こり、メソジストや福音主義をはじめとする宗派が派生してくるなど、英国国教会内部で刷新をはかる動きも見られたが、慣習化した制度としての国教会は、依然として根強く地域に定着していた。その一方で、科学や社会の発展とともに、従来のキリスト教に対して懐疑の目を向ける機運が次第に高まっていった。その頂点のひとつになったのが、一八五九年に生物学者チャールズ・ダーウィン（一八〇九〜八二）によって発表された『種の起源』で、これにより聖書における天地創造の物語が否定され、人間について最も有力な説明を果たすものとして、宗教を位置づけることが困難になったのである。

一九世紀イギリスのこのような文化風土のなかで、エリオットは、宗教的な問題に最も真摯な態度で取り組もうとした作家のひとりである。同時代イギリスの歴史家ロード・アクトン（一八三四〜一九〇二）も述べているとおり、エリオットは「神を信じる強い必要性と、信じることとの困難さとの間で引き裂かれた時代の象徴」（Carroll, p.463）とも言えるからだ。

エリオット自身は、国教会教徒の家に生まれたが、のちに出会った自由主義者たちから思想的影響を受けて、信仰を失う。その後エリオットは、ドイツの神学者シュトラウスの『イエスの生涯』やルートヴィヒ・アンドレアス・フォイエルバッハ（一八〇四〜七二）の『キリスト教の本質』（一八四一、英訳版一八五四）を英訳することによって、ドイツ思想をイギ

【表1】　ジョージ・エリオット作品における宗教的人物タイプ
（※ゴシック体の人物は非聖職者）

タイプ／作品（出版年）	①人格的な欠点の持ち主、批判の対象	②よき隣人、助言者	③熱烈な使命感の持ち主、奉仕者、求道者、殉教者
『牧師たちの物語』（1858）	エイモス・バートン（国教会派）	ギルフィル（国教会派）	トライアン（福音主義派）→ジャネットへの影響、ミルビーでの布教
『アダム・ビード』（1859）		アーウィン（国教会派）	ダイナ・モリス（メソジスト）→ヘティーへの影響、布教・奉仕活動
『フロス河の水車場』（1860）	ドドソン家・タリヴァー家をはじめとする聖オッグの人々	ケン博士（国教会派）	マギー（トマス・ア・ケンピスの影響）
『サイラス・マーナー』（1861）	ランタン・ヤードの狂信的信者たち（非国教会派）	ラヴィローの村人たち（国教会派）	
『ロモラ』（1863）			ロモラ（ドメニコ会派修道僧サヴォナローラの影響）→疫病の村での奉仕活動
『急進主義者フィーリクス・ホルト』（1866）	ダバリイ（国教会派） リンゴン（国教会派）	ライアン（非国教会派、過去には③に属する人物）	フィーリクス・ホルト（急進主義者、非国教徒）→エスタへの影響、労働者の啓蒙
『ミドルマーチ』（1871-72）	カソーボン（国教会派） バルストロード（カルヴィン派→国教会派）	フェアブラザー（国教会派） カドウォラダー（国教会派）	ドロシア→借地人たちへの奉仕活動、リドゲイトへの影響
『ダニエル・デロンダ』（1876）		ガスコイン（国教会派）	ダニエル（ユダヤ主義）→グウェンドレンへの影響、ユダヤ民族への共感

リスに紹介しただけではない。キリスト教に対して懐疑的なこれらの書物を自ら学ぶことをとおして、宗教の在り方を見直す作業に取り組むことが、まさに物書きとしての彼女の出発点になったのだ。より正確に言うと、さまざまな思想から影響を受けつつも、そのいずれとも完全な一致点を見出せなかったからこそ、エリオットは小説を書き始めたのであろう。

それゆえエリオットは、宗教的内容や、宗教が形成している伝統を抜きにして、小説を書くことはできなかった。彼女が最初に発表した小説『牧師たちの物語』は、聖職者を主人公とした三つの物語からなる三部作である（一八五六年に一作ずつ『ブラックウッズ・エディンバラ・マガジン』に発表後、一八五八年に三作まとめて二巻本として出版）。エリオットは、聖職者を描くさい、つねに神学的側面よりも人間的側面に重点を置いて描いた。この処女作に収められた物語において、エリオットは、彼女ののちの小説に登場してくる宗教的人物たちの、代表的な三つのタイプを創り出しているように考えられる（廣野「ジョージ・エリオット文学における〈啓蒙〉の行方」参照）。第一作目「エイモス・バートン師の悲運」の主人公の牧師エイモス・バートンは、タイプ①〈人格的な欠点の持ち主、批判の対象〉となる宗教的人物。第二作「ギルフィル氏の恋物語」の主人公ギルフィルは、タイプ②〈よき隣人、助言者〉。第三作「ジャネットの悔恨」の主人公である福音主義牧師トライアンは、タイプ③〈熱烈な使命感の持ち主、奉仕者、求道者、殉教者〉である。

以上の三つのタイプの宗教的人物は、それぞれ姿を変えながら、エリオットののちの作品にも現れ続ける（【表1】参照）。『アダム・ビード』では、アーウィン教区牧師がタイプ②で、メソジストとして布教活動をしている女性ダイナ・モリスがタイプ③。『フロス河の水車場』では、教区牧師ケン博士がタイプ②で、女主人公マギーがタイプ③。注目すべきことは、後期作品になるほど、次第に聖職者の位置が中心から周縁的存在へと変わっていき、『フロス河の水車場』の女主人公マギー以降、タイプ③として、聖職者に代わって、自分の人生に対して熱烈な使命感を持ち、禁欲的な奉仕に自らを捧げようとし、求道者のごとく高貴な生き方を求める人物が登場してくるようになることである。つまり、聖職者から世俗化した、道を求める孤高の人物の系譜が出現するのである。

『ミドルマーチ』では、聖職者よりもむしろ平信徒のほうに、宗教的色彩が濃い人物がいる。カソーボンは教区牧師であるが、教会で説教をする以外の実務は、副牧師に任せて、自身は研究に没頭している。人格的に欠点のある人間として描かれている彼は、タイプ①に当てはまる。教区牧師のフェアブラザー氏とカドウォラダー氏は、よき隣人、助言者でタイプ②に属するが、聖職者としてよりも趣味人としての側面が強調されて描かれている。

この作品で、タイプ③の後継者として求道者の生き方を展開しているのは、女主人公ドロシアであると言えるだろう。彼女は宗教的知識という点では無知だが、熱烈な信仰心を持ち、あたかも修道女のような趣の女性として登場する。語り手は、一般の男性の視点から、次のようにドロシアの姿を描く。

用心深い男性なら、この種の女性に求婚するのはためらわれるし、結局本人も、こういう考え方をしていたら、すべての求婚を断ってしまうことになりがちだ。生まれもよく財産もある若い女性が、まるでキリストの十二使徒が生きていた時代であるかのごとく、突然レンガの床に跪き、病気の労働者の傍らで熱烈に祈りを捧げたり、気まぐれからカトリック教徒のように断食したり、徹夜で古臭い神学書を読みふけったりしたら！（第1章）

このように、極端なことを好み、自分の考えに捉われがちであるドロシアの性質を、やや皮肉を交えて描くことによって、この先彼女の行く手に波乱が待ち受けているであろうことが暗示される。

しかし、自身の人生上の選択は賢明ではなかったとしても、ドロシアは教区の貧しい住民たちの生活を改善するための努力を実行した。また、リドゲイトは、苦境からドロシアに救いの手を差し伸べてもらったとき、「彼女は若いけれども、聖母マリアのように広い心を持っている」（第76章）という感慨を抱く。聖俗の境界を越えて、彼女は求道者として生きたと見ることができるだろう。

偽善とは何か

作品中、「神」の名を最も頻繁に口にするのは、銀行家バルストロードである。彼は平信徒であるが、自らが「神の道具」として生きることを信条としている信仰心の篤い人物である。上記の分類に当てはめるなら、バルストロードは、タイプ①に属する。なぜなら彼は、偽善者という甚大な欠陥を持つ人物であるからだ（廣野訳『ミドルマーチ　4』読書ガイド1）。

バルストロードは、最初に登場したときから、謎めいた人物として姿を現す。彼はミドルマーチの出身者ではないため、その過去が定かではない。彼は財力を基盤に、慈善事業に力を入れているが、その態度には寛容さがない。彼は自分の施しに対して人々に恩義を感じさせ、恩義を与えた結果がどうなったかということを執拗（しつよう）に看視する。このように、「近隣の人々の感謝のみならず、希望と恐怖という領域にも踏み込んで」（第16章）、権力を強化していくことが、彼の目的であり、それによって神の栄光のために奉仕することが、彼の宗教的信条なのである。したがって、バルストロードのなかには、神の僕（しもべ）としてへりくだる謙遜と、高飛車な態度で他人を責め立てる傲慢さとが、入り混じっている。そういういかがわしさを敏感に感じ取った人々は、バルストロードのことを、福音主義者、メソジスト、偽善者などと呼んで嫌う。

やがて、バルストロードの以前の秘密を知る人物ラッフルズが登場したのをきっかけに、バルストロードの過去が回想される。バルストロードは孤児として慈善商業学校で教育を受けて銀行員になるが、ハイベリーのカルヴィン派の非国教会で傑出した信者として活躍しながら、伝道の仕事を志していた。ところが、会衆のひとりである財産家バンカーク氏に手腕を認められて、世俗的な出世の糸口をつかむことになる。これが発端となって、「神の「道具」として働くという彼の展望は、それ以降、優れた宗教的才能を商売繁盛に結びつける方向に向かった」（第61章）のである。バルストロードは、バンカーク氏の仕事の内容が、不法な手段から利益を得る商売と知って戸惑うが、「宗教的な活動と商売とは矛盾するわけではない」と自分に言い聞かせて納得する。ダンカーク氏の死後、バルストロードは未亡人と結婚し、社長の座に就き、ダンカーク家の財産を不法に独り占めにする。そして彼は、妻の死後巨万の富を貯えたあと、店じまいすると、ミドルマーチにやって来て、町で有力なヴィンシー家の娘と再婚し、銀行家にして国教会信徒、さらには社会慈善家になり、三〇年の時を経て、揺るぎない社会的地位を築き上げたのである。そこへ、突然ラッフルズという脅迫者が現れて、彼の土台を崩しにかかり始めたのだった。

バルストロードが、何とかしてラッフルズを追い払いたいと心中で願いながら、神に対して苦しい弁解を述べ立てる過程で、彼の偽善の正体が次第に露わになっていく。バルストロードは、ラッフルズの出現は「天罰であり、神の懲らしめであり、その覚悟をせよということなのだ」と感じつつも、「自分が不名誉から逃れたほうが、ずっと神の栄光のためになるにちがいない」（第68章）という自己中心的な結論に至る。ラッフルズが病に倒れるに及んで、新たな局面が開けてくる。たまたまケイレブ・ガースという口の堅い人間が、病人をバルストロード自身の屋敷へ運び込んだおかげで、秘密が保たれるだろうと安堵したとき、バルストロードは、「これは、神が最悪の結果から自分を救おうと意図された証拠のようなものだ」（第69章）と都合よく解釈する。病状が悪化していくラッフルズを見ながら、バルストロードのなかで、病人の死を願う気持ちが芽生える。「もし神が死を与え賜うのならば、死を望ましい結果であると考えても、罪にはならないのではないか」（第70章）と自己正当化するうちに、バルストロードの祈りは、いつしか、自分が救われるためにラッフルズの死を願うという〈呪い〉へと変わる。そこへ、殺意への〈誘惑〉が入り込んでくるような状況が次々と積み重なっていく。

ラッフルズが死亡し、市庁舎での会議の席上で、悪事を暴かれたバルストロードは、とっさに「神は人々の前で私を見捨てたのだ。私に対する憎しみが正当化されたのを喜んで勝ち誇っている人々の嘲りの前に、神は私を晒し者にされた」という思いに貫かれる。それでも彼は、最後の反撃に出ようと、立ち上がって次のように言う。

「いったい誰が私のことを告発できるでしょうか？　自分自身の生活がキリスト教徒に相応しくないような人、いや、恥ずべき生き方をしているような人にはできますまい。自分の目的を遂げるために卑しい手段を用いている人、ペテンまがいの職に従事している人、収入を自分の快楽のために使ってきたような人には、そんなことはできますまい。それにひきかえこの私は、現世ならびに来世において最善の目的を推し進めるために、自分の収入を捧げてきたのです」（第71章）

これは、姦通罪で捕らえられた女をめぐって、イエスが律法学者やパリサイ人に向かって言った「あなたたちのなかで罪のない者が、まず石を投げなさい」（「ヨハネによる福音書」第八章第七節）という言葉を踏まえているように思われる。だとすれば、イエスの言葉を用いて、罪を告発されている自分を弁護しようとするバルストロードは、自ら悔い改めることのない傲慢な態度を取っていることになる。こうして彼は、人々の前で最後まで偽善者として振る舞うのである。

第85章の題辞は、バニヤンの『天路歴程』で、クリスチャンとその友フェイスフル（クリスチャンはキリスト教徒、フェイスフルは忠実な信者の意で、寓意的な名前である）が、「虚栄の市」の住人たちに裁判にかけられる挿話からの引用である。この章の冒頭は、次のように始まる。

不朽の作家バニヤンは、人を迫害する情念の持ち主たちが有罪の評決を下す場面を描いたが、ここで被告フェイスフルを哀れむ者がいるだろうか？　非難する群衆を前にして、自分が潔白だと自覚していること。自分が告発された理由は、ただ自分のなかにある善のためなのだ、と確信すること。そんなことができるのは、まれな恵まれた運命の人であって、いかに偉大な人でも、なかなかそこまでの境地に達することはできない。自分に石を投げつける者たちは醜い情念の化身にすぎないのだと納得しつつも、自分のことを殉教者と呼べない人の運命は、哀れである。そういう人は、自分が石を投げつけられたのは、自分が正しいことを公言したからではなく、自分が公言したとおりの人間ではないからだ、ということを知っているからだ。

バルストロードがミドルマーチを去る準備をし、これから逃げ延びた先の地で、見知らぬ人たちに交じってひっそり暮らしながら、打ちひしがれた一生を終えようかと考えていたとき、彼をひるませていたのは、まさにそういう意識だった。（第85章）

ここでは、バルストロードが内心、自分が潔白で善なる存在であるという確信が持てず、自分を殉教者として位置づけることができなかったという真実が露呈される。こうしてエリオットは、バルストロードの心の奥底を、完膚なきまで暴くことにより、偽善とは何かという問題を追究する。

ダンテの『神曲』の「地獄篇」の冒頭は、「人生の途上で、私は真直ぐな道から外れ、薄暗い森で迷ってしまった」（英訳：In the midway of this our mortal life, / I found me in a gloomy wood astray / Gone from the path direct:）という詩節から始まる。人生の「途上」という言葉から は、「ミドルマーチ」（Middlemarch）という言葉が連想されるようである。

2 経済 economics

経済と文学

経済とは、人間の共同生活を維持し、発展させるために必要な、物質的財貨の生産、分配、消費などの活動や、それらを通じて形成される社会関係のことを指す。人間が生きるうえで、経済の影響を免れることはできない。したがって、人間の生き方を描いた小説と経済の関係は、切り離すことができず、ことに金銭が人間に与える影響は、小説の最も重要な要素のひとつである。

経済学者も、理論モデルとして、物語を例にとる場合がある。たとえばドイツのカール・マルクス（一八一八〜八三）は、一八六七年に発表した『資本論』第一巻のなかで、ダニエル・デフォーの『ロビンソン・クルーソー』を取り上げている（『資本論』第一篇、第一章、第四節）。無人島にひとり漂着したロビンソンは、各種の欲望を満たすために、道具を作り、家具を製造し、ラマを馴らし、漁や猟をしなければならない。彼は自ら労働者として生産活動を行いながら、労働時間をそれぞれの仕事の間で割合を按配しながら分配するという経営を行う。彼は自分自身の活動と財産について記帳しているが、その目録には、自分が持っている使用対象、生産に必要な各種の作業、支出した労働時間の明細書が含まれている。ロビンソンの場合、生産物は個人的なものであるため、直接自分の使用対象になり、労働時間の分配と生産物との関係が、単純明快である。ロビンソンの物語のなかには、「価値の一切の本質的な規定が含まれている」とマルクスは言う。つまり、この規定は、社会的な共同体に置き換えて考える場合の基本になるのである。

ロビンソンの場合は、他者が存在せず、生産物の交換もないという設定なので、人間関係や金銭の問題は生じない。しかし、複数の人間を扱う一般の小説では、社会における経済の問題に重点が置かれることになる。

『ミドルマーチ』に登場する人々の階層の幅はかなり広いため、それぞれの人々の経済基盤は異なる。上流階級は、私有地等の資産を持ち、そこから生み出される収入によって生活し、働く必要がない人々である。この階級には、貴族（年収一万ポンド以上）、ジェントリー（年間一千ポンドから一万ポンド）、ジェントルマン（年収一千ポンド未満）の区分があった。この作品で社会的に最上位に位置しているのは、サー・ジェイムズ・チェッタムやブルック氏、カソーボン氏のようなジェントリー階級の地主である。彼らは、農業労働者に土地を貸して、その地代から収入を得ている。サー・ジェイムズの収入は明記されていないが、准男爵の称号を持つ彼の生活ぶりから、かなり裕福であることが推測される。ブルック氏の年収は約三千ポンド。カソーボン氏は次男であるため牧師の職に就いたが、兄の死によって年収千九百ポンドの財産を受け継いだため、働く必要はない。ブルック氏の姪ドロシアとシーリアは、それぞれ両親から年に七百ポンドの収入を生む財産が遺されている。

中産階級は、生活するために働かなければならないが、肉体労働に携わる必要のない人々からなる。そのなかで社会的に上位に位置していた法廷弁護士、聖職者、軍人などは、ジェントルマンの地位とも両立できたので、上流階級の次男以下の息子たちもこれらの職に就くことが多い。作品の主要人物としては、フェアブラザー氏やカドウォラダー氏などの教区牧師がいるが、彼らの収入源は、聖職禄（教区民が納める十分の一税よりなる）である。しかし、フレシット教区とティプトン教区を兼任しているカドウォラダー氏も、裕福ではないし、聖ボトルフ教会の牧師フェアブラザーは、年収わずか四百ポンドで、母や伯母、姉を養わなければならないため、生活が苦しい。

一八世紀の終わりから一九世紀のはじめに起こった産業革命の影響により、脱穀機が導入されたため、収穫期に必要な農業労働力が減り、地方の農民の多くが都市に移動して工場労働者になるという変化が生じた。ヴィンシー氏は、ミドルマーチで工場労働者を雇用して、製造業を営んでいる工場経営者のひとりである。ヴィンシー氏は市長に就任して派手な交際生活を送っているが、子供たちに遺す財産はない。彼は、長男フレッドには自ら収入を得る職業に就かせようと考え、牧師にするために大学教育を受けさせている。銀行家バルストロードは金融業で成功するのみならず、慈善活動にも力を入れて、町で勢力を拡大している。

リドゲイトをはじめとする医師たちも、新しく勢力を増しつつあった専門職の人々である。その下に、測量士、査定人、土地差配人として働くケイレブ・ガースのような中産階級の底辺の人々がいる。ガース夫人は、結婚前には女家庭教師として働いていた。屋敷の使用人や農業労働者など下層階級の人々も、作品には登場する。このように、中産階級・下層階級のさまざまな職業部門で働く人々は、自らの労働に対する報酬を生活基盤としていたのである。

収入と支出の問題

リドゲイトをめぐるストーリーは、経済上の収支が合わなければ、いかに生活が破綻し、人生計画が土台から崩れてしまうかを示したものである。結婚後、彼が収入を上回る生活をしたために、次第に経済的な苦境に追い込まれていくさまは、次のように語られている。

一年半前なら、リドゲイトは貧しくとも、わずかな金欲しさにあくせくすることはなかったし、身を落としてまでそんなものを手に入れようとする人間のことを、軽蔑しきっていた。彼がいま経験していたのは、たんなる赤字という程度ではすまないものだった。彼は、支払いの請求に圧迫されつつ、支払う金もないのに、なくてもすむものをやたらたくさん買い込んでしまった人間が陥る、唾棄すべき低俗な苦難に襲われていた。

どうしてこんなことになってしまったのかは、たいして計算しなくても、あるいは物の値段がわからなくても、容易に理解できるだろう。男が世帯を構えて結婚する仕度をしているとき、家具やその他のものを揃えるのに、手持ちの現金よりも四、五百ポンドほど出費が嵩(かさ)んだとしよう。それから一年たったとき、馬やら何やら含めた生活費がおよそ千ポンドに達しているのに、診察による収入は、前任者の帳簿によれば年間八百ポンドの計算になるところ、実際には夏の池の水位のごとくぐっと下がり、五百ポンドにも満たず、しかも大部分は未払いということがわかる。そうすれば、本人が気にしようがしまいが、この男が借金していることは、すぐにも察しがつく。（第58章）

このように金額を挙げて計算してみると、金に無頓着なリドゲイトは、収入の二倍の出費をしていたことになる。一方、子供のころから贅沢な暮らしに慣れていたロザモンドは、何でも最高のものを注文し、人づき合いも盛んに行っていたという状況だったので、このまま続けると借金の深みにはまることは、必定だったのだ。いよいよ何とか手を打たねばならないと追い詰められたリドゲイトは、家具・調度類を担保に入れて債権者に提供するという方策に出ようとするが、彼の相談にロザモンドはまったく応じようとしない。生活水準を落とすことは、ロザモンドにとっては耐えがたい屈辱だったのである。こうして、借金に追われる一方で、夫婦関係がこじれ、リドゲイトの苦悩は深まっていく。その結果、ミドルマーチで医療改革を行うという彼の目的の達成は、不可能になってしまうのである。

支出に見合う収入を得るために、人々がいかなる生き方を強いられるかというさまも、物語では描かれている。たとえばフェアブラザーは、先にも述べたとおり、聖ボトルフ教会の牧師の職のみでは、家族を扶養する余裕がないため、しばしばトランプの賭け事に手を出し、評判を落とすことがあった。副収入として当てにしていた病院付き牧師の地位も手に入らなかったため、彼の生活スタイルは、依然として変わらなかった。しかし、カソーボンの後任者としてローウィックの聖職禄を受け継ぐことになったため、フェアブラザーは二つの教会の牧師を兼任して収入が増え、その結果、賭けから手を引いて、もっと有用なことに時間を使えるようになったのである。

ケイレブ・ガースは、かつて建設業に手を出して失敗したことがあったが、その後生活苦に追われながらも、多種の業務において懸命に働き、借金を全額支払うという目標を達成したため、人々の信頼を得るに至った人物として、語り手は紹介する。しかし、子沢山のガース家はつねに生活が苦しい。長女メアリは家計を助けるために、フェザストーンの看護人として働き、老人の死後は、教師になろうとしていた。しかし、ケイレブがサー・ジェイムズ・チェッタムやブルック氏、ドロシアから土地の管理の仕事を依頼され、生活費の余裕ができたため、メアリが教師になる必要がなくなったとき、一家は幸福感を分かち合う（ちなみに、当時は女性が職業を持つことは、望ましいとはされていなかった）。作者は、貧しくとも、自分で収支を合わせる責任を果たしているガース家の人々の生き方を、肯定的に描いている。

財産相続問題

　この作品でひとつの山場となるのは、フェザストーンの遺産を当てにする人々の思惑が外れる箇所である。フェザストーンの親類縁者たちは、老人の病気が悪化すると、頻繁に見舞いに出入りするようになる。「こういう連中に比べたら——料理人が煮え湯を浴びせて殺そうと待ち構えているとしても——ゴキブリがしつこく炉辺に来るほうが、来たがるそれなりの理由があるのだから、まだわかるというものだ」(第32章)というように、語り手は、人間の金銭欲を毒々しい口調で揶揄する。フェザストーンは、自分のお気に入りの甥フレッドを呼び寄せ、彼らの嫉妬心を搔き立てて嫌がらせをする。しかし、みなの予想は外れ、葬儀に姿を現した見知らぬ男が、フェザストーンの地所を相続することになる。失望した人々のなかでも、ことにフレッドは、この結果によって人生を左右されることになる。もしフェザストーンの地所を相続していれば、フレッドは地主として生活することが可能になり、働く必要はなかった。しかし彼は、土地はおろか、借金を払うための財産すら、相続することができなかった。こうして彼は、親の指示どおり牧師になるか、それ以外の職に就くか、いずれかの選択を迫られることになる。

ドロシア・カソーボン・ラディスロー三者の関係は、精神的な問題のみならず、金銭問題がかなり絡んでいる。ラディスローは、従兄カソーボンから経済的援助を受けていた。ラディスローの祖母（カソーボンの母の姉）が、家族の意に反する結婚のために相続権を奪われたという事実を知ったドロシアは、ラディスローにはカソーボン家の財産の分け前を所有する正当な権利があるように感じる。彼女がそのことを夫に提言したことは、夫婦間の亀裂を深める一因となる。妻と従弟の関係を怪しんだカソーボンは、自分の死後、ドロシアがラディスローと再婚したら、財産の相続権を妻から奪うという内容の遺言補足書を遺す。これによって、ドロシアとラディスローの関係に大きな影響が及ぶことになる。この点に関して、経済的観点から詳しく見てみよう。

ドロシアは、リドゲイトに対して、病院に寄付をして彼を支援したいと申し出たとき、自分にはあり余るほどお金があると言い、「自分の財産が年に七百ポンドと、主人の遺産が年に千九百ポンド、それに、銀行に三千から四千ポンドほど預金があります」（第76章）と、説明している。したがって、ドロシアがラディスローと結婚するということは、彼女がカソーボンの遺産である資産と現金をすべて放棄して、両親から受け継いだ年収七百ポンドしか財産がなくなることを意味する。ラディスローには財産がないため、文筆活動や政治活動などによって収入を得るしかない。したがって、二人の結婚後、ラディスローが安定した職を得るまでの間、当座はドロシアの年収七百ポンドのみに頼って生活していくことになるわけである。ドロシアは、ラディスローと結婚を決意したとき、次のように述べている。

「私の財産だけでも、二人で暮らしていけるわ。それでも多すぎるぐらい——年に七百ポンドあるんだもの。私は必要なものはほとんどないし、新しい服もいらない。ものの値段も、これから覚えるようにするわ」（第83章）

これまであり余るほどお金があり、ものの値段すら知らない彼女の「多すぎるぐらい」という金銭感覚は、当てにならない。カソーボンは、ドロシアは年に七百ポンドでは生きていけないと踏んでいたのだろう。ブルック氏も、ドロシアの再婚の決意を知ったとき、「いいかね、年に七百ポンドで暮らすことがどういうことか、君にはわかっちゃいないよ。馬車とか、いろいろなものが持てなくなるし、君のことが誰かもわかっていないような人たちに交じって、暮らすことになるんだよ」（第84章）と姪に言って聞かせた、と周囲に伝えている。

つまり、カソーボンの遺言補足書には、ドロシアとラディスローを引き裂くためのかなりの効力があったということだ。少なくとも、もしドロシアに年収七百ポンドという個人の財産がなかったとすれば、愛し合う二人とはいえども、その生活は困窮し、土台が崩れかねなかっただろう。

3 社会 sociology

社会と文学

エリオットの中期作品『急進主義者フィーリクス・ホルト』（一八六六）において、語り手は、「より広い公的生活によって決定づけられていない個人的な生活というものは存在しない」（第3章）と述べている。この言葉は、作品が主として扱うのは数人の個人的な物語ではあるが、彼らが住んでいる地域の社会的変化という公的な問題を切り離すことはできない、という文脈から述べられたものである。しかし、これはたんに一作品内の事情に留まらず、エリオットの全作品を貫いている基本的な理念である。いや、人間が生きていくうえでの普遍的原理といっても過言ではないだろう。なぜなら、「人間は社会的動物である」というアリストテレスの規定を待つまでもなく、人間とは本性上、集団のなかで他の人間との関係性のなかで生きる存在であるからだ。だとすれば、本来、人間の生き方を描くものである小説は、個人と社会の関わりを描く文学様式だとも言えるだろう。

　小説のなかでも、特に社会問題を直接取り上げて、社会状況を意識的に描こうとするジャンルを、社会小説という。イギリスでは一九世紀に、産業革命後のブルジョア階級の繁栄の影で労働者階級が陥っていた貧窮状態を、社会問題として取り上げ、それによって社会の変革を促進しようとする一群の社会小説が出現した。ディケンズの『オリヴァー・ツイスト』（一八三七～三八）は、子供の労働や、貧困と犯罪の関わりといった社会問題を具体的に扱っている。『ハード・タイムズ』（一八五四）は、イギリス北部の架空の工業都市を舞台として、産業社会の悲惨さと功利主義の弊害を描いた作品である。ディケンズはこの作品の巻頭に、思想家トマス・カーライル（一七九五～一八八一）への献辞を添えるにあたり、あらかじめ彼に書き送った手紙のなかで、この作品のねらいは「ひどい誤りを犯している昨今の人々に揺さぶりをかけること」であると述べている。この意思表明からも、この作品が「イギリスの現状」（カーライルが、チャーティスト運動に関する論説で用いている言葉）を、同時代の人々に理解させるための緊急声明であったことがうかがわれる。産業都市マンチェスターを舞台に、労資間の激しい対立を描いたエリザベス・ギャスケルの『メアリ・バートン』（一八四八）、チャーティスト運動に参加する青年を主人公とするチャールズ・キングズリー（一八一九～七五）の『オールトン・ロック』（一八五〇）なども、社会小説に分類される。

日本では、明治三〇年代に哲学者・評論家の金子筑水（一八七〇〜一九三七）、評論家・小説家の内田魯庵（一八六八〜一九二九）等を中心として、広い社会的視野に立つ文学活動が提唱され、社会主義文学の土壌が作られた。

ジェンダーの問題――家庭の天使／新しい女

人と人との関係性のうえで重要な問題のひとつは、ジェンダーという観点である。冒頭の「プレリュード」で打ち出されている「後世のテレサ」のテーマは、たんにドロシアの物語だけではなく、男性であるリドゲイトの物語も包括した、現代におけるヒロイズムの挫折のテーマであることについては、すでに述べたとおりである。しかし、この「プレリュード」には、女性が女性であるゆえに生き方を制限されるという〈ジェンダー〉の問題が濃厚に含まれていることも、否定できない。次の一節には、このことが明らかに示されている。

> そんな間違いだらけの人生を送るのは、そもそも神が女の性質を、どっちつかずのはっきりしないものに創ってしまったせいだ、と考える人々もいる。女が劣っていると言うとき、たとえば数を三つまでしか数えられないというように、能力の水準が明確であれば、社会における女の運命を科学的に取り扱えるかもしれない。しかし実際のところ、女の性

質ははっきりせず、女の髪型や恋愛物語の好みよりも、ずっと多岐にわたっている。
「女が劣っていると言うとき」「女の性質ははっきりせず」という言い回しは、社会的・文化的に形成された性差を強調しているのみならず、この物語世界が男性中心の社会であることを示している。

冒頭でドロシアが登場するときにも、一般社会におけるジェンダー観に照らして、彼女の性質の特色が示される。ドロシアは一般の女性とは違って、華やかな装いで身を飾ることに関心がなく、女性の技芸を好まず、愛玩動物を嫌い、ふつうの女性のような結婚願望も持っていないという点で、ジェンダーの規範から外れている。しかし、彼女自身にも「女らしさ」という観念に縛られている側面がある。カソーボン氏に出会ったときドロシアは、彼こそ、自分の人生を意義あるものにしてくれる立派な人物だと思う。彼女は優れた夫に導かれながら、偉大な学者の妻として尽くしたいと願うのである。カソーボンの求婚を受け入れたドロシアは、「あなたに尽くして、あなたが偉大な目的を遂行なさるために、どうすればお手伝いできるかを学べるかと思うと嬉しいです」と話し、それに対してカソーボンは、「女性の大きな魅力は、自己を犠牲にするほどの強い愛情を持てるということにあります。だからこそ、女性は私たち男性の生活を完全なものにするのに適しているのです」（第5章）と応じる。ドロシアは、この言葉を謹んで受け入れ、感謝するのみである。彼女は、夫となる男性のほうが、女である自分よりも優位に立っているという前提を受け入れていて、何ら疑念を抱いていない。したがって、彼女が結婚生活において目指しているのは、女性は「家庭の天使」(コヴェントリー・パトモアが「家庭の天使」〔一八五四〜六二〕と題する詩で女性の美徳を謳い上げ、この詩題が理想の女性像の呼び名としてイギリスの社会に定着した)たるべきであるという、ヴィクトリア朝の父権社会に浸透していた価値観そのものであると言えるだろう。

結婚後ドロシアは、夫に尽くし、よい妻であろうと懸命に努める。しかし、その尽くし方は、夫であるカソーボン氏に慰安を与えない。研究が進展せず悩んでいたカソーボンとしては、自分のことを尊敬してくれる慎み深い女性を妻にすれば、よい協力者を得ることができるだろうと期待していた。ところが、ドロシアはカソーボンに、もっと仕事をするようにと駆り立て、いつになったら著書が出来上がるのかと迫る。カソーボンは、妻の自分に対する期待を、次第に重圧と感じるようになる。のみならず、学者として成果が上げられないことをひた隠しにしつつ焦っている彼にとって、妻は、それを声高に述べ立て、責め苛む身近な「敵」のように感じられるようになるのである。

夫婦間でこのような不一致が生じたのはなぜだろうか？ それはドロシアが、いわゆる「家庭の天使」、つまり、社会での戦いや仕事に疲れた夫に家庭で慰安を与える存在とは、本質的には異なり、自分の奉仕によって夫が名声を獲得することを望む野心的な女性だったかもではないだろうか。つまり、助手という立場で夫との共同研究を進めることが彼女の目的であり、彼女は、夫をとおして間接的に野心を追求していたと見ることもできるのである。

一九世紀後半には、因習を排斥して自由と独立を求めた新しいタイプの女性たちが出現し、「新しい女」(new woman)と呼ばれるようになった。新しい女とは、主として「選挙権や教育・職業の機会均等を求めて運動」し、マスメディアで注目された女性たちを指すが、より広範に、「従来の女性観では捉えきれない女たち」(武田、一一二頁)の表象として、一九世紀後半から二〇世紀にかけて小説で描かれるようになる。ドロシアは女性の権利の拡張を主張するタイプの女性とは一線を画するが、一般のジェンダー観から逸脱した使命感を持つゆえに軋轢(あつれき)に苦しんでいるという点では、「新しい女」の一種として位置づけることができるかもしれない。

ちなみに、「新しい女」という用語と呼応して生まれてきたのが、「新しい男」(new man)の概念である。新しい男とは、一般に、従来女性の役割とされてきた領域の仕事を積極的に行う男性を指す。しかし、そのような狭義の定義に留まることなく、作家たちはこの概念を、「新しい女」と結びつくべき進歩的な男性性として捉え、「感受性に富み、養育に携わる家庭的な男性」や、妻との間に「友情と知的交流に価値を置く関係を構築」(田中、一二四―二五頁）する男性像を新たに描くようになった。このような観点から見ると、ラディスローは「新しい男」として位置づけることも可能だろう。因習的な価値観に反発するディレッタントとして描かれているラディスローには、男尊女卑的な考え方がまったくなく、ドロシアにも対等な人間として接する。むしろ彼は、ドロシアの独創的な考え方に魅せられるのである。作品では、ラディスローは捉えがたい人物であり、彼がなぜドロシアに惹かれるのかが不明瞭であることも、否定できない。しかし、ドロシアとラディスローを、新しい女と新しい男の関係として捉えてみると、作品の解釈に新たな光を当てることができる。

ドロシアと結婚したのち、ラディスローは議員として政治改革に取り組む。ドロシアはそのような夫に尽くすことをとおして、選挙権や教育・職業の機会均等を実現することにも寄与した「新しい女」だったのか、それとも、彼女は最終的に、ラディスロー家の「家庭の天使」に収まったと捉えるべきかは、議論の分かれるところだろう。

有機体論

エリオットは、社会学について深く学んだ。彼女はドイツの社会学者ヴィルヘルム・ハインリヒ・リール（一八二三〜九七）が、ドイツ農民の実態を忠実に観察して記録したことに共感し、評論「ドイツ民族の生活自然史」（一八五六）を、『ウェストミンスター・レビュー』

誌に発表している。そのなかでエリオットは、次のように述べている。

> 社会が過去から受け継いだ外的状況は、社会を構成している人間の身体において遺伝的に受け継がれた内的状況を明示したものにすぎないと言える。内的状況と外的状況は、有機的組織体とその媒体として、互いに関連しているのである。(*Essays*, p.287)

このようにエリオットは、社会を、人間の身体と同様、有機体として捉えていた。有機体論とは、全体を部分のたんなる寄せ集めとしてではなく、固有の生命によって統一的に成長し、連続的に進化していくものとして捉える考え方である。エリオットは、リールの社会学のみならず、彼女が学んだフランスのオーギュスト・コント(一七九八～一八五七)の実証哲学やイギリスのエドマンド・バーク(一七二九～九七)の政治学、そして、彼女と親交のあったハーバート・スペンサー(一八二〇～一九〇三。エリオットはスペンサーに失恋し、彼からルイスを紹介された)の進化論社会学、さらに、夫ルイスの生理学的心理学などを拠り所として、このような観念を形成していったのである。

『ミドルマーチ』でも、社会が有機体として捉えられていることは、さまざまな面からうかがわれる。この作品に「織物」のイメージが繰り返し現れることについては、すでに「因果

社会学者ハーバート・スペンサー

エリオットの夫G・H・ルイス

律」との関連で指摘したが〔↓本書I―8　象徴性〕、織物は有機体としての社会の在り方の譬えでもある。エリオットは、個人の生活や人生における出来事は、その他の人間の生活や出来事と結びつきながら、社会という織物全体を構成しているという考え方を示し、作家としての自分の仕事は、「いくつかの人間の運命の糸をほぐして、それがどのように編まれ、織り合わされているかを調べる」（第15章）ことだという姿勢を打ち出しているのである。

リドゲイトが新参者として町にやって来たとき、語り手は「ミドルマーチは、リドゲイトを飲み込み、楽々と吸収しようとしていたのである」（第15章）と述べ、彼が生命体としての地域社会と不可分の関係であることを、早々と暗示している。やがて彼がミドルマーチ社会という織物のなかでがんじがらめになってしまうのは、彼の個人的生活が社会という有機体の一部であるゆえに、不可避であったと言えるだろう。

先に作品のクライマックスとして、ドロシアがラディスローとロザモンドの関係に嫉妬して苦悩の一夜を過ごしたあと、翌朝、窓から外の景色を見て、開眼する場面を挙げた。多くの人々が朝早くから労働へと向かい、辛抱強く生きていることに気づいたとき、「自分もまた、自ずと脈打っているその生命の一部なのだ」（第80章）と、ドロシアが思い至る箇所である。自分という個人が、大きな世界という有機体の一部なのだという認識に至ったとき、彼女は自分一個の利己的な悩みにだけかかずらわっていてはいけないと、奮い立つのである。有機体論を思わせる表現がクライマックスの場面で用いられていることは、この小説が社会学的色彩の濃い作品であることを示していると言えるだろう。

4 政治 politics

政治と文学

英語のpoliticsなど、ヨーロッパ諸語における「政治」という言葉は、古代ギリシアの都市国家であるポリスに由来する。この語源からもうかがえるように、政治とは国家の統治行為とするのが伝統的な見方であった。しかし現在では、より広義に、人間の集団生活に必要な業務の遂行や問題の処理を表す言葉として、一般に理解されている。

小説家のなかにも、政治的志向の強いタイプの作家は少なくない。たとえば、メアリ・シェリーの父ウィリアム・ゴドウィンは、『政治的正義の研究』(一七九三)を著した政治思想家で、小説家でもあり、『ケイレブ・ウィリアムズ』(一七九四)をはじめとする小説には、彼の政治思想が反映されている。

ベンジャミン・ディズレーリ(一八〇四～八一)は、二度にわたり首相を務めたイギリスの政治家であるが、小説家としても有名である。彼は若いころから政界進出を目指し、一八三七年に保守党の下院議員に当選する。その後、保守党内にあって「青年イギリス派」を組織し、貴族と大衆の一致を理想とし、労働者階級の保護を主張した。彼が創作した『コニングズビー』(一八四四)、『シビル』(一八四五)、『タンクリッド』(一八四七)の三部作は、プロパガンダ的色彩が濃い作品で、イギリスにおける最初の政治小説とされる。

日本でも、明治初期に、西欧の政治小説が盛んに翻訳された影響を受け、自由民権思想を世に訴えようとする一群の政治小説が現れた。代表的なものには、矢野龍渓（一八五一～一九三一）の『経国美談』（一八八三～八四）や東海散士（一八五三～一九二二）の『佳人之奇遇』（一八八五～九七）などがある。

政治小説は、小説を政治思想の普及・宣伝のための媒体として用いたジャンルであるが、一般の小説では、むしろ政治が批判されたり風刺されたりする場合のほうが多いと言えるだろう。ジョナサン・スウィフト（一六六七～一七四五）の『ガリヴァー旅行記』（一七二六）は、人間をあらゆる側面から痛烈に批判した風刺文学の古典で、風刺の対象はしばしば政治にも向けられている。ことに、ガリヴァーが最初に訪れたリリパット国は、政治色の強い国として描かれている（廣野『一人称小説とは何か』、第二章）。巨人ガリヴァーの対処策について、皇帝はたびたび会議を召集して協議するが、ガリヴァーに対して友好的な者もいる一方で、彼を陥れようとたえず陰謀を企てている一派もいる。リリパット人のずる賢さ、陰険さは、人間に引けを取らない。風刺のなかには、当時のイギリスに対して直接当てこすったものも見られる。たとえば、リリパット国では軽業が出世の手段として重視され、高位の役職に就くためには、綱渡りの芸を披露し、綱の上で人よりも高く跳び上がらなければならない。

「大蔵大臣フリムナップは、細い綱の上で、国内のどの高官よりも少なくとも一インチ高く跳びはねることが、認められている」とあるが、これは実在の人物ロバート・ウォルポール（大蔵大臣を経て一七二一年に首相となり、一七四二年までの長期にわたり、政権を握ったホイッグ党指導者）への揶揄と見られる。また、リリパットの国内では、トラメクサン党とスラメクサン党の二つが対立し、長年激しくいがみ合い、この派閥問題のために政情が不安定になっていた。トラメクサン党は踵の高い靴を履き、スラメクサン党は踵の低い靴を履いて、両党は互いに区別し合っている。これは、イギリス国内におけるトーリー党とホイッグ党の対立を揶揄している。政治的な対立は、英国国教会における宗派の対立とも結びつき、トーリー党は高教会派、ホイッグ党は低教会派の立場に立っていた。このことから、ハイ・ヒールは高教会を、ロー・ヒールは低教会をもじって名づけたもので、風刺の意図がこめられている。踵の高さの違いという微々たる問題で、激しく争う卑小な生き物たちを笑うことにより、スウィフトは、現実世界における党派争いの愚かさを風刺しているのである。

ガリヴァーは、小人のリリパット国以外にも、巨人が住む国、空飛ぶ島、馬が人間を統治している国など、さまざまな国々を訪れるが、これらは理想とは程遠く、ユートピアの変形である。したがって、『ガリヴァー旅行記』をディストピア小説の源流に位置づけることもできるだろう。ディストピアとは、あってはならない未来世界を描いたもので、代表例としでは、イギリスのH・G・ウェルズ（一八六六～一九四六）の『タイム・マシン』（一八九五）、オルダス・レナード・ハクスリー（一八九四～一九六三）の『すばらしい新世界』（一九三二）、ジョージ・オーウェル（一九〇三～五〇）の『一九八四年』（一九四九）などがある。ディストピア小説の風刺は、しばしば政治に向けられ、奇異な未来図を提示することによって、警告を発している。

党派争い

エリオットの小説には、政治色の強い題材を扱った作品が少なくない。『急進主義者フィーリクス・ホルト』では、エリオットはタイトルで、主人公に「急進主義者」という肩書を与えている。しかし、そこには、たんなる党派を超えた深い意味合いが賦与されている。フィーリクスは、怪しげな薬を売っていた藪医者の父の家業を継がず、時計屋として腕を磨き、貧しい人々に交じって働きながら生活する。利己的な目的のために急進的な政治を推し進めようとしている周囲の者たちと対照して、作者は、フィーリクスの職人としての生き方のなかに、真の急進主義を見出そうとしているのである。フィーリクスは、選挙運動の不正を知ったことを機に、民衆を前にして、正しい判断と責任ある行動を取るようにと訴えた演説を行う。無知な人間が権力を持つことへの懐疑を示しているエリオットの態度は、むしろ非政治的な立場を示しているとも言える。

『ミドルマーチ』においても、政治活動を行う人々についてのストーリーが含まれているが、作者のねらいは、特定の政治思想を伝えることにあるのではなく、人々が党派心によって争うさまを批判的に描くことにあるようだ。政治とジャーナリズムの結びつきについても、作品では詳細に描かれている。イギリスでは、新聞が一七世紀ごろに刊行されるようになって以来、マスメディアとして発展し、一八世紀初期には、ロンドンでの主要新聞のみならず、地方新聞も発行されるようになった（廣野訳『ミドルマーチ　3』読書ガイド4）。ミドルマーチでも、『トランペット』と『パイオニア』という二大地方新聞が、政治的立場において対立し、互いに批判し合いながら、購読者を奪い合っていた。政治的混乱期にあって、それぞれの新聞の立場は不明瞭になりがちだったが、『パイオニア』紙は「進歩主義の先頭に立っていた新聞」（第37章）とされていたため、それと対立する『トランペット』紙は、保守的な政権側に立っていたようである。若いころから政治的野心を抱いていたブルック氏は、『パイオニア』紙の所有権を買い取り、政治方面での文筆に才長けたラディスローを編集人として雇う。ブルック氏は、ラディスローに記事を書かせ、改革を推進して世論の支持を得ようとしているうちに、『パイオニア』紙を母胎として政治運動に乗り出し、選挙に出ることを決意するに至る。そのためブルック氏は、対立紙『トランペット』から、「自ら社会組織の改革者と名乗っておきながら、自分が直接責任を負っていることを、すべて台無しにしてしまう人間」（第38章）として、地主としての無能さをさんざん叩かれるはめになるのである。

ミドルマーチの選挙戦は、トーリー党員であるピンカートンと、議員の経験者で今回ホイッグ党から新人として出るバグスター、それに、将来は無所属だが今回ホイッグ党に所属するブルック氏の三者間で行われることになる。つまり、保守派のトーリー党一名、改革派のホイッグ党二名のなかから一名候補者を選ぶという選挙である。

選挙運動では、それぞれの党の支持者たちが、票を獲得したり相手方の足を引っ張ったりするために、さまざまな策を弄するさまが描かれている。ともすると政策の内容自体よりも、選挙での勝利だけが念頭に置かれがちであったことは、次のような語りからもうかがわれる。

当然ながら、ブルック氏にも、彼を応援する選挙運動員がいたが、彼らはミドルマーチの有権者たちの性質を理解していて、その無知につけこんで選挙法改正法案に賛成させるというやり方をわきまえていた。選挙法改正法案に反対させる側の手段も、これとそっくりで、無知につけこむというやり方だったが。（第51章）

ある日、ブルック氏は店のバルコニーから、ミドルマーチの有権者たちを前にして選挙演説をする。ラディスローのコーチも空しく、ブルック氏が無意味な内容の演説を続けていると、トーリー党の選挙運動員たちは、ブルック氏の似顔絵を掲げて、人形劇で彼の言葉を物真似するという露骨な方法で妨害する。群衆の笑い声や怒号のさざめくなかで集会は騒然とし、ついに卵を投げつけられたブルック氏は退場となる。内容の乏しい演説をするブルック氏の滑稽さと、それを妨害しようとする目的のためには手段を選ばない反対派の横暴さなど、選挙運動の無秩序さが風刺された一場面である。この結果、ブルック氏は、選挙戦から降りて、『パイオニア』紙も手放すことになる。

国政とは関わりがないものの、病院付き牧師の決定をめぐって、委員会がバルストロード派と反バルストロード派で対立することも、一種の政治的な党派争いとして捉えることができるだろう。

ドロシアの政治力

地主は、借地人たちの生活を管理・運営したり、改良（あるいは改悪）したりするばかりではなく、教区牧師の推薦権を発動したりするため、地域の政治に力を揮(ふる)う立場にある。先に挙げたように、ブルック氏は議員として国政に参加する以前に、地主として無能であることが、新聞紙上で槍玉に挙げられていた。見るに見かねたサー・ジェイムズやカドウォラダー氏たちは、金惜しみをするブルック氏に対して、農地の管理を改善するようにと説得している（第38章）。ドロシアも、「伯父様は国会に出られるとき、人々の向上に努める議員になられるのでしょ？　だったら、真っ先にすべきなのは、農地と労働者の生活の状態を改善することですわ」（第39章）と助言している。ブルック氏は、貧しい小作人ダグレーを訪ねたとき、小作人をなおざりにしている地主が改正を主張する愚かさについて、彼からさんざん罵倒される。これは、ブルック氏が、ごく身近な住人からさえも信頼を得られず、いかに政治家として無能であるかを物語る挿話である。

作品に登場する地主たちのなかで、最も熱意があるのはドロシアである。彼女は冒頭章で登場したときから、農家の設計図を描くことに没頭している。彼女はそのために、園芸の専門書を読んで勉強もしている。ドロシアの作成した設計図に関心を示したサー・ジェイムズが、それを自分の土地で実現したいと申し出ると、彼女は、次のように力説する。

「この辺りでは、借家人を豚小屋のようなところに住まわせているのですから、私たちはみな、自分の住んでいる快適な家から、鞭で追い立てられても仕方ないぐらいだと思います。責任感と愛情を備えた人間が、相応しいちゃんとした家に住みさえすれば、私たちよ

りも幸せな生活ができるかもしれません」（第3章）

この勢いのある言葉からも、ドロシアが、借地人を粗末な家に住ませて自分だけ安閑とした暮らしをしていることは、地主の恥であり、借地人が幸せに生活できるような環境を整える義務が、地主にあると考えていることがわかる。

ドロシアは、結婚したら、ローウィックでも模範的な農家をどんどん建設したいと願っていたが、カソーボンが彼女の計画に無関心だったうえに、病気で倒れた夫の看病に追われたため、計画を実現することができなかった。ドロシアが本格的に政治力を発揮できたのは、夫の死後である。彼女はまず、ローウィックの聖職禄を誰に渡すかを決めるために、リドゲイトに相談し、彼の勧めに従ってフェアブラザーをその役職に就かせる。引き続き彼女は、地所の管理の仕事をケイレブ・ガースに任せる。次の一節は、その経緯について語った箇所である。

ケイレブ・ガースの知識に対するドロシアの信頼は、自分の描いた農家の設計図を彼が褒めてくれたと聞いたときから生まれた。ドロシアがフレシット屋敷に滞在中、サー・ジェイムズが彼女を誘って、ケイレブといっしょに三人で馬車に乗り、二つの地所を見て回ろうと言ったことから、その信頼感は急速に増していった。ケイレブも同様に彼女に対して尊敬の念を抱き、妻に向かって、カソーボンの奥様は女性には珍しく「仕事」の才覚のある人だ、と話したりした。ケイレブが「仕事」というのは、金銭にまつわる取り引きのことではなく、技量をうまく用いて働くことを意味するということは、忘れてはならない。（第56章）

ドロシアとケイレブは、他人に役立つためによりよい仕事をしたいという熱意、とりわけ「土地」に対する愛着という点において、意外な共通点を示すのである。仕事のプロであるケイレブが一目置いていることからも、ドロシアの地主としての才覚には、かなり見所があったと言えるだろう。

のちにドロシアは、リドゲイトに資金の援助を申し出たとき、次のように自分の本心を打ち明けている。

「私、土地を買って、産業を学ぶための村を設立したかったので、そのための資金を調達して、自分に必要のない収入のなかから、少しずつ返済したいと思っていたのです。ところが、サー・ジェイムズや伯父から、そんな計画は、危険すぎるって言われましたの。ですから、私がいちばん嬉しいのは、自分のお金を何かよいことに役立てることなのです。自分のお金で、ほかの人たちの生活をよくできたらいいな、と思います」（第76章）

ドロシアが周囲に反対されて断念した夢とは、「産業を学ぶための村」の設立だったという。自分の財力で他人の生活を管理・運営し、産業を育成すること。これは、まさに政治的な営みであると言えるだろう。ドロシアの夢見る村が、いささかユートピア的な雰囲気であることは、否めない。しかし、彼女がかなり政治的な志向を持つ人間であることは、確かであると言えるだろう。

歴史と文学

ヒストリーとストーリーとは語源が同じであることからも、本来、歴史と文学には親近性があることがわかる。『ジョウゼフ・アンドルーズ』（一七四二）という通称で知られているフィールディングの小説の原題は、*The History of the Adventures of Joseph Andrews, and of his Friend Mr Abraham Adams*（ジョウゼフ・アンドルーズと彼の友エイブラハム・アダムズの冒険のヒストリー）である。フィールディングはこの作品の序文において、自分は「喜劇的ロマンス」すなわち「散文で書かれた喜劇的叙事詩」を目指して、広範な出来事や多種多様な人々を含んだ新しい種類の作品を書きたいと述べている。つまり、歴史的な英雄や事件を扱うのではなく、人間性を喜劇的に描くという意図を示しているのである。したがって、タイトルの〈ヒストリー〉とは、〈物語〉という意味に限りなく近いと考えられる。彼の『トム・ジョーンズ』（一七四九）の原題もまた、*The History of Tom Jones* であるが、捨て子トム・ジョーンズの経歴を中心に辿ったこの作品も、同様の精神で貫かれているため、〈ヒストリー〉は〈物語〉とほぼ同義に捉えてよいだろう。エリオットも『ミドルマーチ』においてフィールディングに言及するさい、彼を「ヒストリアン」と呼んでいることについては、すでに述べたとおりである［→本書Ｉ—3　語り手の介入］。

一方、小説のなかには、歴史上の事実や人物を題材に、史実を背景として書かれた、歴史性の濃厚なものもある。イギリスの詩人・小説家ウォルター・スコット（一七七一〜一八三二）は、『ウェイヴァリー』（一八一四）に続いて、同名のスコットランドの青年士官を主人公とした一連の小説群を発表することによって、歴史小説のジャンルを拓いた。彼の『アイヴァンホー』（一八二〇）は、一二世紀イングランドを舞台に、ヨーロッパ史からも題材を取りつつ、史実と創作とが溶け合った壮大な歴史小説である。ディケンズの『二都物語』（一八五九）、サッカレーの『ヴァージニアの人々』（一八五七〜五九）、フロベールの『サランボー』（一八六二）、トルストイの『戦争と平和』（一八六三〜六九）なども、歴史小説と見なされる。

日本では、歴史文学は古くからあるが、歴史小説というジャンルが出現したのは、明治以降である。殉死をめぐる武士の悲劇的事件を扱った森鷗外（もりおうがい）（一八六二〜一九二二）の『阿部一族』（一九一三）、ならびに江戸末期の儒医・考証学者の史伝『渋江抽斎（しぶえちゅうさい）』（一九一六）、また昭和期では、幕末から明治維新にかけての動乱期を扱った島崎藤村（しまざきとうそん）（一八七二〜一九四三）の『夜明け前』（一九二九〜三五）などが代表例である。

エリオットも、歴史小説『ロモラ』を書いている。この作品は、一五世紀末のイタリアを舞台に、メディチ家による支配の終焉後、フィレンツェ共和国の建て直しを志したドメニコ会派の修道士サヴォナローラが火刑に処せられるまでを扱ったものである。しかし、ジャンルに関わらず、他の小説においても、エリオットはしばしば歴史的方法を用いている。スコットを生涯、敬愛していたエリオットは、小説に歴史的方法を取り入れることを、彼から学んだ。スコットのウェイヴァリー小説群では、執筆時から数十年遡った時代に物語の舞台を設定するという方法が取られているが、エリオットもこれにならって、主要な作品では同様の方法を採用している。たとえば、『急進主義者フィーリクス・ホルト』は、執筆時から三四年遡って、一八三二年の選挙法改正法案通過の直後に時代が設定されている。すでに述べてきたとおり、『ミドルマーチ』の場合は、執筆時から四〇年遡って、同法案通過の直前の時代設定となっている。これは、ある歴史的な変革期に焦点を当てて、人々の生活状況の変化をとおして生じる葛藤を描くことをねらいとしたものである。『ミドルマーチ』では、選挙法改正という政治的な出来事のみならず、さまざまな歴史的事実が織り込まれている。次にいくつか例を挙げて見てみよう。

舞台の世相

ブルック氏は、資料の収集を趣味としていて、「工場労働者の機械打ち壊しや、小作人の乾草への放火といった事件についての資料」(第3章)を、カソーボンに自慢げに見せている。このような言及からも、当時の不安定な世相がうかがわれる。

フレッドが大学の試験で落第したうえに、フェザストーンからの遺産も相続できないとわかったとき、父親のヴィンシー氏は不機嫌になる。彼は娘ロザモンドが、財産のない医者リドゲイトと婚約したことについても、難癖をつけ始める。次の箇所は、父娘の会話である。

「わしが何も出してやるつもりはないことを、あいつはわかっているのだろうな。フレッドにはがっかりさせられるし、議会は解散しそうだし、あちこちで機械は打ち壊されるし、選挙は近づくし——」

「あら、お父さん、それが私の結婚とどう関係するの？」

「大いに関係ありだ！　わしの知るかぎり、われわれはみな破滅するかもしれないんだ。国がそういう状態になっているんだ！　世も終わりだと言っている者もいる。畜生、そのとおりなんだ。とにかく、いまはわしの商売から金を引き出せる時期じゃない。リドゲイト君には、そのことは知っておいてもらいたい」(第36章)

ヴィンシー氏の言葉には、国政が乱れていた時代の、すさんだ国民感情が反映されている。

ことに労働者の暴動や不景気は、工場経営者であるヴィンシー氏にとっては、深刻な悩みとなっていたことが推測される。これに関連して、語り手はさらに次のようにコメントしている。

ジョージ四世が没し、議会が解散し、ウェリントンとピールへの支持率が下がり、新しく即位した国王が弱腰であるというような時世であったから、このあとに続くのは総選挙かあるいは世の終わりかと、ヴィンシー氏が疑念を述べ立てたのも、当時地方に住んでいた人々のおぼつかない意見を不十分ながら表現した例だと考えてもよいだろう。トーリー党内閣が自由主義的な法案を通過させてみたり、トーリー党所属の貴族や有権者たちが臆病な大臣たちと親しくなるよりはむしろ自由主義者になろうとしてみたり、救済法を求めて抗議してみたものの、個人の利益からはほど遠く、不愉快な隣人を擁護しただけだったりというような混乱状態にあったのだから、蛍の光程度の弱い光しか当たらない田舎では、自分の考えがいったい何なのか、わからなくなってしまったのではないか?（第37章）

新しく即位した弱腰の国王とは、ジョージ四世の弟で、六五歳で新王として即位したウィリアム四世のこと。「ウェリントンとピールへの支持率が下がり」というのは、両氏が改革に反対したことを指す。政情が不安定で、政治家たちの動きが無軌道になり、しっかりとした拠り所を失ったために、自分自身の考えまでおぼつかなくなりがちであったことが、人々の不安の正体だったようだ。『ミドルマーチ』の物語の舞台背景には、このような世相が存在したことが、ヴィンシー氏の発言を手掛かりに浮かび上がってくるのである。

鉄道の敷設

イギリスでは、一七七五年にジェイムズ・ワット（一七三六～一八一九）が石炭を動力とした蒸気機関を開発し、一八一四年、ジョージ・スティーヴンソン（一七八一～一八四八）によって実用上の機関車が最初に作られた。一八二一年、ストックトン―ダーリントン間で、鉄道の公共事業が開始され、技術の目覚ましい進歩によって、都市のイメージが近代的なものへと様変わりしていった。一八二五年には、まだ鉄道はイギリス全土でやっと三マイル程度しか敷設されていなかったが、地方でもまた、蒸気機関の発達に先んじて徐々に風景が変化し始めていた（廣野訳『ミドルマーチ　3』読書ガイド5）。

『ミドルマーチ』では、新しい時代の旅の先駆けとなる鉄道網が地方に広がってくることへの、地元の人々の驚きと不安が描き込まれている。ケイレブ・ガースは、ローウィック教区の土地に鉄道を導入する事業に関わることになる。作品には、近辺の人々の間に興奮が巻き起こり、汽車で旅行することに対して強硬に反対する者たち、鉄道が馬車に取って代わることにより失業を恐れる馬関連業者、鉄道会社にできるだけ高い値段で土地を売りつけようとする地主たち、鉄道という得体の知れないものによって土地を分断されることに反発する住民たちの反応などが描かれている。地元の労働者たちが、鉄道工事の準備のためにやって来た測量技師に襲いかかり、暴力によって妨害しようとしたことを知ったとき、ケイレブは次のように労働者たちに語りかける。

「連中は、鉄道を通す場所を探しに来ているんだ。いいか、おまえたちには、鉄道の邪魔はできないんだ。おまえたちがどう思おうとも、線路はできるんだ。邪魔をしようとして暴れたりしたら、ひどい目に遭うことになるぞ。連中は、法律に則(のっと)ってこの土地に来ているんだ。それに対しては、地主も嫌とは言えないんだ」

＊　＊　＊

「しかしまあ、おまえたちには悪気はなかったんだ。誰かが、鉄道は悪いものだと言ったんだろう。そんなのは嘘だ。そりゃあたしかに、線路を敷くとなれば、あちこちにあれこれ迷惑をかけることにはなるだろう。お日様にだって、そういうことはある。でも、鉄道っていうのは、いいものなんだ」（第56章）

ケイレブの言葉に、強い説得力はない。そこには、時流には逆らわず柔軟に対応すべきであるという穏健な考え方、世の中の進歩に対する漠然とした信頼感、目の前にある自分の仕事を忠実に行いたいという意志、そして、ともに働く労働者たちに対する仲間意識のようなものしかない。おそらく、物語の舞台となっている一八三〇年前後の時点では、多くの人々にとって、鉄道の敷設の良し悪しについては、明確な判断が難しかったのだろう。しかし、エリオット自身は、一八五〇年代ごろから、頻繁にイギリス国内や大陸で鉄道旅行をしている。鉄道は、旅の速度を速めただけではなく、以前よりも旅を楽なものに変えたため、人々の活動範囲を広げることに貢献することとなった。そのような歴史的事実を踏まえて、エリオットは、全般として肯定的に描いているケイレブに、自分の考えを代弁させているのだろう。

コレラの流行

エリオットは歴史的事実を作品中に織り込むさい、文献を調べたり取材をしたりするなど、綿密な調査をしながら小説を執筆する習慣があった。たとえば、作品中にはコレラの流行についての言及があるが、エリオットは、コレラが一八三一年にイングランド北部のサンダーランドとニューカッスルで発生し、一八三二年にエディンバラとロンドンに広がったことなどを、『ミドルマーチ』創作のための覚え書きに記している。

次の一節は、市庁舎での会議に先立って述べられている。

> 町でコレラ患者が出たために、緊急の重要事項となった衛生問題について、市庁舎で会議が開かれることになった。衛生対策のための税を課す議会制定法が早急に通過したので、ミドルマーチでもそのような対策を管理する委員会が定められ、ホイッグ党とトーリー党両者の同意のもとで、消毒やその他の準備が進められてきた。目下の問題は、コレラによる死者の埋葬地を町の外に確保するさい、税金を当てるのか、個人の寄付金で賄うのか、という点だった。会議は公開され、町の有力者のほとんどが、出席することになっていた。
> （第71章）

議会制定法とは、新しい下水道と排水溝の敷設のために、一八二八年に通過した法令である。両党が対立することなく一致して衛生対策が粛々と進められたということからも、コレラ問題がいかに緊急性の高い重要事項であったかが推測される。感染を避けるために、コレラ患者の遺体は、本来の教会墓地における埋葬が許されず、町の外に確保された指定の場所に埋葬される方針であったこともうかがわれる。

町の主要なメンバーが集まったこの会議の開始時に、バルストロード排斥の要望が出される。衝撃のあまりよろめいているバルストロードに、リドゲイトは手を貸して、二人は退席する。それは、これまで二人が力を合わせて立ち上げてきた新病院の計画が、事実上、破綻したことを意味する出来事だった。

これに先立ちリドゲイトは、コレラが流行したときに備えて、周到に新しい病棟の準備をしていた（第63章）。「町の当局も、消毒や器具の取りつけなど、よくやってくれました。ですから、万一コレラが流行っても、病院の手配のおかげで町が助かるということは、反対者も認めざるをえないでしょう」（第67章）とも彼は言っていた。感染症の拡大を予見して逸早く医療現場の整備に乗り出したリドゲイトが、先見性という点でいかに卓越した医者であるかは、現代から見ても――とりわけ新型コロナウイルスの感染拡大により各国が医療崩壊の危機に晒されつつある今日（二〇二〇年～）の状況に照らしてみるといっそう――明白である。

にもかかわらず、いよいよ町にコレラが侵入するという深刻な問題の勃発により、まさにこれから新病院が町の救済のために存在感を発揮しようというタイミングで、このような顚末となったことは、皮肉を際立たせているようだ。

テレサ的生き方の変遷

そもそも歴史的視点とは、個別の物語を超えて、人物や出来事を人間の歴史のなかに位置づけようとすることである。最初の「プレリュード」は、一六世紀に生き、修道院を設立するという歴史的偉業をなした聖テレサの人生への言及から始まり、その後継者たるテレサたちの変遷を辿ろうとする姿勢を示す。そして、最後の「フィナーレ」では、ドロシアの物語が、同じ精神を継ぎながらも、それを結実させることのできなかったひとりのテレサの話であったと結論づけられる。さらに、「名もなきふつうの人間たちのなかから、多くのドロシア的な生き方がこれからも生じてくるはずだ」と、語り手は未来についても予言する。このように『ミドルマーチ』では、個別の物語が、事象の変遷を含んだ歴史的記述の枠組みによって、縁取られているのである。

語り手による締め括りの一節をふたたび確認しておこう。「世の中がだんだんよくなっていくのは、一部には、歴史に残らない行為によるものだからである」という言葉は、茫漠たる「歴史」の存在を、読者に意識させる。「そして、私たちにとって物事が思ったほど悪くないのは、人知れず誠実に生き、誰も訪れることのない墓に眠る、数多くの人々のおかげでもあるからだ」という言葉は、私たちの視線の先を、個人であるドロシアを越えて数多くの人々へと拡散させる。ドロシアは、作者の想像力が生み出した人物でありながらも、その生き方は、歴史のなかに刻み込まれた。しかし、同時に彼女は、墓に眠る無数の名もなき人々の群れのなかへと紛れ込む。こうして、プレリュードで予言されていたとおり、彼女は「消えていく」のである。

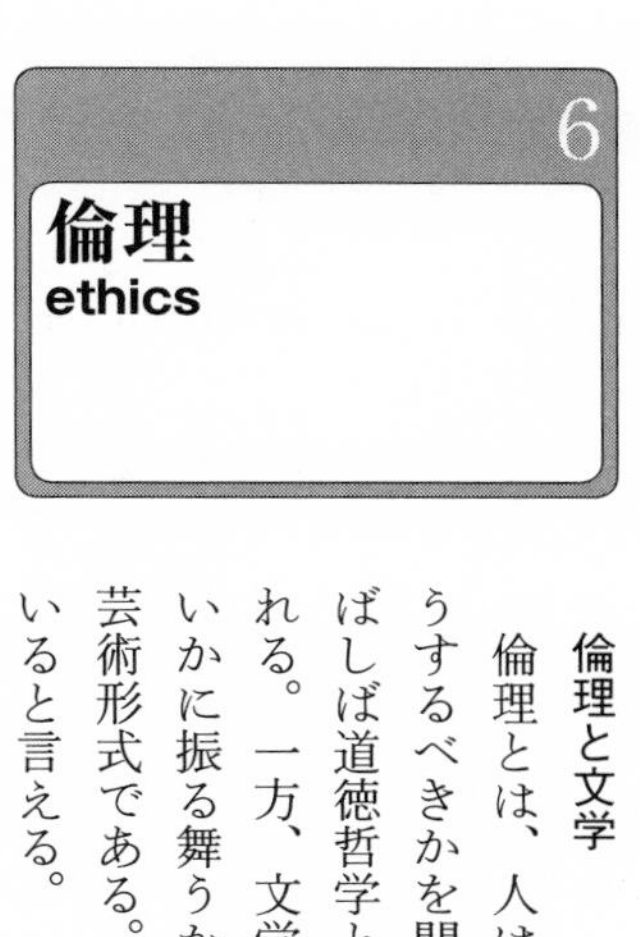

倫理と文学

倫理とは、人はいかに生きるべきか、真に道徳的に生きるにはどうするべきかを問うことである。この問題を探究する倫理学は、しばしば道徳哲学とも呼ばれるとおり、通常、哲学の一部門と見なされる。一方、文学とは、人間がいかに生き、他人との関係においていかに振る舞うかという問題を、具体的な物語をとおして表現する芸術形式である。したがって、倫理と文学とは同じ目的を共有していると言える。

　エリオットは、フォイエルバッハの『キリスト教の本質』をドイツ語から、スピノザ（一六三二〜七七）の『エチカ（倫理学）』をラテン語から、初めて英訳した（『エチカ』の出版は、出版社とルイスとの意見の対立によって頓挫し、一九八一年まで実現しなかった)。エリオットが倫理的ヒューマニズムの土台を形成するにあたって、最も大きな影響を受けたのは、このドイツの哲学者とオランダの哲学者二人からである。スピノザは、神とその創造物は不可分であるという汎神論を提唱した。この考え方から影響を受けたフォイエルバッハは、一歩推し進めて、神とは人間の空想によって作り出された幻想であると主張した。フォイエルバッハによれば、神とは人間性を高めたもので、「神の英知とは人間の英知」であり、神学すなわち宗教研究とは、人間学すなわち人間性の研究にほかならないのである。エリオットは、このような観念から、道徳は宗教に勝るという考え方を引き出した(Dolin, ch.6)。

エリオットは、処女作『牧師たちの物語』を出版したときには、すでにキリスト教信仰を捨てて、無神論者になっていた。しかし、彼女は決して虚無主義的に神を否定したのではなく、逆説的だが、神を必要としていたゆえに、信じることの困難さにぶつかったのである。そこでエリオットは、神に代わるものとして道徳を真摯に求め、「人間性の宗教」(religion of humanity) と呼ぶ独自のヒューマニズムへと発展させていったのである。

過去との連続性

エリオットの倫理・道徳論は、拠り所とすべき宗教的信仰がないだけに、いっそう厳しい。

この特色は、たとえば同時代の作家トマス・ハーディと比較してみると明らかである。ダーウィンの進化論の影響を受けて無神論者となったハーディは、人間の運命が盲目的な宇宙の「内在意志」(Immanent Will) や偶然の力に翻弄されているさまをペシミスティックに描く一方で、そのような不条理に苦しめられている人間に、暖かい憐憫の眼差しを向けている（廣野「「不運」の美学」）。それに対してエリオットは、あくまでも人間の道徳的責任をとことん追及するのである。

エリオットは、道徳的に生きるには、過去と現在の連続性を重視し、過去の過ちや義務を引き受けることが必須の条件であるという観念を持っていた。彼女の初期作品『フロス河の水車場』の女主人公マギーは、従妹ルーシーの婚約者スティーヴン・ゲストと恋に落ち、彼と駆け落ちするが、途中で思い留まり、囂々たる非難のただ中へと戻って行くことを決意する。スティーヴンから、なぜルーシーを犠牲にしてでも彼とともに幸せになる道を選ばないのかと問われたとき、彼女は「もし過去が私たちを束縛しないのなら、義務はどこにあるのでしょう？」と言って反論する。他者との絆や過去とのつながりから生じる義務を果たすことを無視して、個人の幸福を追求することは、倫理に反した生き方であるという作者の観念が、この言葉には凝縮されている。エリオットは、自身が法的に認知されない結婚によって世間の非難を浴びていただけに、真に道徳的な生き方とは何かということを、文学のなかで強く主張する必要に迫られていたのかもしれない。

『ミドルマーチ』には、過去の束縛を受けて道徳的選択を迫られる人物として、バルストロードが登場する。次の一節は、バルストロードが、彼の過去の秘密を知っている脅迫者ラッフルズに対して、これ以上やって来たら警察を呼ぶと言って、屋敷から追い払うという強硬策に出たあとの箇所である。

バルストロードは用心して、ラッフルズに対し、もう決してつけこまれることがないように、こちらも覚悟があると、何度もきっぱりと言い渡しておいた。また、密かに取引きするのは、公然と反抗するのと同じぐらい危険だということがこれでわかっただろうと、言い聞かせもした。しかし、ぞっとするようなこの男のもとから離れて、静かな我が家に帰ってみると、ただ死刑の執行が延期されただけにすぎないような気がした。まるで胸がむかつくような夢を見て、その映像が、夢のなかと同じような嫌な気分とともに浮かんでくるのを、振り払えないような感じだった。生活のなかのどんな楽しい場にも、危険な蛇かトカゲが這い回った跡があり、ぬるぬるしているような感じとも言えた。（第68章）

バルストロードは、過去に犯した過ちを正直に認めて、へりくだって世間に公表するという義務から、どこまでも逃げようとしている。彼は、ラッフルズさえ排除することができれば、秘密が暴露されず、過ちをごまかして、なかったことにできると思っているのだ。バルストロードがラッフルズの脅迫に屈しているのは、まさに彼が自身の道徳的弱点を克服していないからにほかならない。「死刑の執行が延期されただけ」で、至るところが「ぬるぬるしているよう」に感じるという表現は、過去を認める覚悟に至らず、道徳的な汚れを払拭できないバルストロードの心境を、まざまざと表していると言えるだろう。彼は、最も身近な妻にさえ過去を打ち明ける勇気がなく、不名誉から逃げるために、ミドルマーチを去る準備をこっそり始めるのである。

共感の拡大

エリオットの倫理・道徳論において重視されるキーワードのひとつに、「共感」(sympathy)という要素がある。エリオットは、一八五七年、知り合いのチャールズ・ブレイに宛てた手紙のなかで、「私たちの道徳的な進歩とは、個人の苦しみや個人の喜びに対して、私たちがどれだけ共感できるかによって測れるのだという私の確信は、経験を積み成長するにつれて、日々深まってきています」(*Letters*, Vol.2, p.403)と述べている。共感の拡大というテーマは、彼女の全作品をとおして見られるが、『ミドルマーチ』からも具体例を挙げてみたい。

先に例示したように、バルストロードは道徳的な選択を誤り、その結果として、人を死に至らしめるという最低レベルの行為にまで及ぶ。こうして、どん底まで落ちてしまったバルストロードに対して、自分の殻を突き破り、共感を拡大しようと努めた人物が二人いる。ひとりは妻のハリエットで、彼女が、これまで人生の半ばを共にしてきた夫とのつながりゆえに、いかに自分を克服して、夫の苦悩に寄り添おうとしたかは、すでに見たとおりである［↓本書I―12　部立て／章立て］。もうひとりは、リドゲイトである。次の一節は、リドゲイトが、会議の席から退室を命じられたバルストロードに手を貸す場面である。

バルストロードは一瞬ためらったあと、床に置いた帽子を拾い上げて、ゆっくりと立ち上がった。しかし、彼がよろめきながら椅子の角をつかむさまを見て、リドゲイトは、手助けをしてやらなければ、ひとりで歩いて行けないのではないかと思った。リドゲイトに、どうしようがあっただろうか？　助けを求めている人間が、自分のそばで倒れるのを、黙って見てはいられない。リドゲイトは立ち上がってバルストロードに手を貸し、そうやって部屋から連れ出した。しかし、心優しい義務感と純粋な同情心から発したこの行為が、この瞬間には、彼にとっては言いようもなく苦々しいものに思えた。まるで、自分がバルストロードと手を結んでいることを認めますと、自分で証明しているようなものだ。ほか

の人たちの目には、いままさにそういうふうに映っていることだろう。(第71章)

リドゲイトは、ここでバルストロードに思いやりを示すことが、周囲の人々の目には、まさに彼と手を結んでいることの証拠のように映り、自分にとって不利だとわかってはいても、弱っている人間を見捨てることが、人間としてできない。リドゲイトは、相手が賄賂のつもりで自分に金を渡したのだということを、この瞬間悟ったが、これまで自分を支援してくれていたバルストロードとの、短い過去のつながりに対する「義務」を負っていることも、忘れていなかったのだろう。

リドゲイトが疑惑に巻き込まれたとき、ドロシアは、彼が不名誉なことをするはずがないと信じ、すべての真相を打ち明けてほしいと、彼に請う。そのときリドゲイトは、「ぼくはバルストロードさんのことを悪く言いたくありません」と言い、バルストロードに殺人の意図がなかった可能性もあることを考慮して、公正に扱ってほしいとかばう。それに対してドロシアは、次のようにリドゲイトへの強い共感を表している。

「…少なくともこれだけは言えるようにしたいのです。つまり、あなたが事情を全部私に打ち明けてくださったのだから、あなたにはまったく罪がないと言いきれますと。そうしたら、フェアブラザーさんは私の言うことを信じてくださるでしょう。それに私の伯父や、サー・ジェイムズ・チェッタムも。いいえ、ミドルマーチには、私が会いに行ける人たちが、ほかにもいますわ。私のことをよく知らない人だって、私の言うことを信じてくれると思います。だって、本当のことを言って物事を正すほかに、私には何の動機もないことぐらいはわかるでしょうから。あなたの潔白を明かすためなら、私はどんなことだってしますわ。私にできることなんて、本当にわずかしかないのですから。私が世の中でできることで、これほどよいことはありません」（第76章）

ドロシアは、自分の共感を、誠意をこめて他人に伝えれば、共感はさらに拡大していくという信念を示している。共感の拡大によって他人の役に立つこと――それが自分にできるわずかなことのなかで、いちばんよいことなのだという彼女の言葉には、作者エリオットのメッセージがこめられているようだ。

7 教育 education

教育と文学

フランスの哲学者ジャン＝ジャック・ルソーの『エミール』（一七六二）は、近代教育学の古典のひとつとされる。「万物をつくる者の手をはなれるときすべてはよいものであるが、人間の手にうつるとすべてが悪くなる」というのが、ルソーの根本的な命題である。そこでルソーは、子供を自然の発育に任せ、外部からの影響を防ぐのが、教育者の役割であるという考え方を示そうとした。しかし、著者の考えを述べただけの教育書は「細かい点や実例を欠いているので、その応用が示されていないかぎり、つかいものにならない」と懸念したルソーは、「一人の架空の生徒」を想定したうえで、「その生徒を、生まれたときから、一人まえの人間になって自分自身のほかに指導する者を必要としなくなるまで導いていくことにした」（第一編）と述べている。つまり、この教育論は、孤児の少年エミールの誕生と成長から、ソフィーという女性との結婚に至るまでの教育のプロセスを、物語の形で表すという形式を取っているのである。人間を対象とする教育においては、ルソーの述べるとおり、細かい点や実例を抜きにすることができない。したがって、教育論における個々の実例は、自ずと物語化へと向かうのである。このことからも、教育と文学が密接な関係にあることがわかる。

『ミドルマーチ』において、教育のテーマの対象として取り上げるのに最も相応しい人物は、フレッド・ヴィンシーであろう。ルソーの〈エミール〉は、心身ともに健康ではあるが、特に生まれながらにすぐれた資質を持っているわけではない生徒として設定されているが、この点でも、フレッドは同様の条件を備えた〈生徒〉と言えそうである。そしてフレッドの成長が、最後に彼の〈ソフィー〉であるメアリと結婚するに至るまで辿られている点でも、そのプロセスから何らかの教育論が引き出せそうである。

家庭教育

二人の生徒の相違は、〈エミール〉が孤児という設定であるのに対して、フレッドは両親の愛情に包まれて育った点である。フレッドは、甘やかされて育ったために、怠け者の青年になる。父のヴィンシー氏は、息子に遺せる財産がないため、牧師の職に就けるようにと、フレッドを大学に行かせる。しかしフレッドは、大学に行っても勉強せずに遊んでばかりで、落第して実家に戻ったという状態で、登場する。フレッドは遊ぶための資金として、馬商人のバンブリッジからかなりの借金をしていた。フレッドは、フェザストーン伯父から金がもらえるだろうし、自分にそのうち運がめぐってくるだろうと漠然と期待し、最終的には父親が何とかしてくれるだろうと当てにしていたのである。債権者バンブリッジから、金を返す証拠を求められたとき、フレッドは父よりも知り合いに話すほうが気楽だと考えて、自分の幼いころから好意を寄せてくれていた親戚のケイレブ・ガースに頼んで手形に署名してもらう。フレッドは借金を返すための対策として、フェザストーン伯父からもらった金を添えて自分の馬を売り、手に入れた新しい馬を高い値段で転売しようと計画する。ところが、運悪く、新たに手に入れた馬が怪我をして売り物にならなくなってしまう。フレッドの手許には、わずかな金しか残らず、その結果、彼はケイレブ・ガースに借金返済の肩代わりをさせることになる。経済状態の苦しいガース家では、ガース夫人が息子のために貯めていた教育資金ばかりか、メアリが働いて得た給金まで、フレッドの借金の返済に充てなければならず、大きな犠牲を強いられる。

このような成り行きから見ても、フレッドを甘やかすばかりで、人並みの責任さえ取れず、他人に迷惑をかけるような人間に育て上げた家庭の教育環境は、一見、弊害しかなかったように見える。しかし、果たしてそのように言いきれるだろうか？　というのは、フレッドは楽観的で意志が弱いという欠点はあるものの、真直ぐな人間であるという美点を備えていることも、否定できないからだ。虚栄心の強いヴィンシー夫人は、親戚のガース家を、一段低い階級の人々と見なし、いつも軽蔑しているが、フレッドはそのような親の悪影響を受けず、ガース家の人々を慕い、彼らからも愛されている。ケイレブが手形に署名をしたのも、心のなかでフレッドのことを高く買い、「あいつは、きっとそのうち成功する――包み隠しのない優しい男で、根はいい人間だ――絶対に信頼できる」（第23章）と思っていたからである。そしてフレッドは、決して美人とは言えないが人間的に優れているメアリに対して、変わらぬ愛情を抱き続けるのである。

フレッドのこのような美点を育んだのは、実は、彼の家庭環境だったのではないだろうか。二〇世紀後半、イギリスのジョン・ボウルビィ（一九〇七～九〇）等の精神医学者たちによって愛着理論をはじめとする母子関係理論の研究が進められ、「安全基地」（secure base）という概念が提唱されるようになった。安全基地とは、子供にとっての真に安らげる場、心地よい安定を保証する環境を意味する。子供は、養育者など愛着対象となる人が存在すると信じると、心の底に安心の基盤ができ、どんなに困難なことが起こっても、誰かが助けてくれるだろうという信頼感を他人に対して抱くという（Bowlby, pp.124-26）。フレッドにとって、家庭、とりわけ母親は彼の安全基地として機能したのではないだろうか。

母親のヴィンシー夫人は、美貌の息子フレッドを溺愛し、息子のことを自慢し、いかなるときにも息子をかばう。馬の売買で失敗したフレッドが、疲労で倒れてチフスにかかったときの、ヴィンシー夫人の様子は、次のように描かれている。

譫妄（せんもう）状態に陥ったフレッドは、母親の手の届かないところへ行ってしまったようで、彼女は胸が張り裂けるような思いだった。レンチ医師に対して感情を爆発させたあとは、おとなしくなって、ただリドゲイトに向かって泣き言をいうばかりとなった。部屋から出たリドゲイトのあとを追って行っては、彼に手を掛けて、「あの子を助けてやってください」とうめくように言うのだった。あるときなどは、彼女はこう訴えかけた――「フレッドは、いつも私にはいい子だったんです、リドゲイト先生。母親に対してきついことを言ったことは、一度もないのです」――まるで、フレッドの苦しみが彼に対する罰でもあるというような言い方だった。心の奥に沈んでいた母親としての記憶が、ことごとく呼び起こされた。母親に話しかけるとき、いっそう優しい声になったこの若者は、まだ生まれぬうちから、彼女にとって初めての愛情をかけて可愛がった、あの赤ん坊のフレッドなのだった。

（第27章）

フレッドは成人しても、母ヴィンシー夫人にとっては、いつも赤ん坊のままのイメージなのである。このようなくだりからもうかがわれるとおり、フレッドは胎児のとき以来、ずっと母親の愛情に保護されていた。ヴィンシー夫人自身は、軽薄な俗物で、欠点だらけの愚かな人物として描かれているが、フレッドにとっては安全基地の役割を果たしたことは否定できない。父親ヴィンシー氏も、フレッドがフェザストーンから、借金に関する弁明書をバルストロードに一筆書いてもらえと言われたときには、息子のためにバルストロードに頼みに行き、「あいつは嘘はつかない」（第13章）と断言している。表面では口うるさい父親も、根底ではフレッドのことを信頼しているのである。このような家庭環境の影響で、フレッドは周囲の人々に対して信頼感を抱き、楽観的な性格の人間に育ったのではないだろうか。このように見るならば、一九世紀に書かれたエリオットの作品において、後世に展開された精神医学の理論が当てはまるような人物造形がすでになされていることは、興味深い。

成長したフレッドは、母に対して愛情を抱きつつも、より理想的な対象を求め、自分をよりよき人間へと導き育ててくれる第二の安全基地として、知的な女性メアリを求めたのではないだろうか。メアリも、そのようなフレッドに対する親近感と感謝の念から、彼に対して愛情を抱く。

フレッドはガース家の人々に金銭的な迷惑をかけ、メアリを悲しませたことを反省して、大学に戻り、勉強して学位を取る。彼が本気で勉強したのは、たんに卒業するためにすぎなかった。作品では、学校教育については、この程度のことしか書かれていない。

ここでドロシアについて付言しておこう。ドロシアは、フレッドとは対照的に、自己肯定感や安定感の希薄な人物として造形されている。それは、彼女が、自分を無条件で受け入れてくれる「安全基地」の欠如した人物であることに起因すると言えるかもしれない。ブルック姉妹は「十歳そこそこで両親を亡くし」（第1章）たとしか書かれていないが、母の存在は影が薄い。第1章で、シーリアが母の宝石の形見分けをしようと姉に持ちかける話が出てくるが、長女ドロシアは母の形見に執着を示さず、それ以降、作品では彼女の母に関して触れられることはない。ドロシアは、母性が欠如しているゆえに、それに代わる「安全基地」として、自分が没頭できるものを求める志向が強い人間になったという見方もできるだろう。結局、ドロシアがラディスローと結婚したのは、ありのままの自分を受け入れてくれる安全基地を、彼のなかに見出したからかもしれない。

職業教育

フレッドは、両親から牧師になることを期待されているが、彼自身には牧師になりたいという意欲が欠如している。そのうえメアリも、フレッドが牧師になることに反対する。職業の選択に悩んだフレッドは、フェアブラザー氏に相談し、メアリの意向を確認してほしいと頼む。フェアブラザーから尋ねられたメアリは、フレッドが牧師になるなら、自分は彼を見放すと断言する。「私は、あの人がお説教したり、戒告をしたり、祝禱を唱えたり、病人の枕元でお祈りしたりしているところを想像すると、漫画みたいで吹き出しそうになるんです」（第52章）というように、メアリは手厳しい。彼女は職業における「適性」を、社会的地位以上に重視する考え方を持っているのである。メアリとの結婚を第一の目的としているフレッドは、牧師になる動機を失い、実業の世界に入ることを思案するが、資本も、取り立てて言うほどの技術もないことに戸惑う。フレッドは、自分には仕事を習得できる見込みがあるかと、ケイレブに相談する。それに対して、ケイレブは次のように述べる。

「それにはね」ケイレブは頭を一方に傾け、声を低めて言った。それは、何か宗教的な深遠な話をしようとする人が、物を言うときのような態度だった。「二つのことを覚えておかなければならない。ひとつは、自分の仕事を好きにならなければならないということだ。早く仕事が終わって遊べたらいいのに、なんてことを考えてはいけない。もうひとつは、自分の仕事を恥じてはならないということだ。もっと別の仕事をしていたほうが格好がいいのに、なんて思っちゃいけない。自分の仕事と、それを上手くやり遂げることに、プライドを持つことだ。ほかにもいろいろな仕事があって、もしそっちの仕事をしていたら成功していただろう、なんてことを言わないことだ。どんな職業であろうと、そういうやつにはまったく関心がない」ここでケイレブは、腹立たしげに口を結び、指をパチンと鳴らして続けた。「そいつが首相であろうが、屋根葺き職人であろうが、自分の引き受けた仕事をちゃんとやらないのならね」（第56章）

人間は職業をとおして生き甲斐を得て、プライドと責任感のある者に成長するという考え方が、ここには示されている。これを聞いたフレッドは、自分は牧師になってもよい仕事ができないだろうと自覚し、ケイレブのもとで働きたいと言う。フレッドの願いを聞き入れたケイレブは、仕事とは何かということを、基礎から叩きこもうとする。まずは、見積書を写す練習から始め、フレッドが紳士ぶった読み辛い筆跡で書いて不味い仕事ぶりを見せると、「教育に多額の費用をかけたあげく、結局はこんなことになってしまうとは、ここは何たる嘆かわしい国だ！」と叱責する。ケイレブは穏やかな人間であるが、職業に関しては徹底して厳しい。こうして、ケイレブは、職業訓練をとおしてフレッドを教育していき、それは人間教育へとつながっていくのである。

人間教育

フレッドの全人格的な教育に最も影響力を及ぼしたのは、彼が子供のころから幼馴染として愛し続けてきたメアリである。フレッドは、彼女に認めてもらい、彼女の愛情を勝ち得るために、よい人間になろうと努めている。そのようなフレッドに対して、メアリは愛情を抱きつつも、決して彼を甘やかすことはない。メアリはやるべきことをする前に、フレッドが彼女の愛情の保証を求めても、決してそれに応じようとしない。そのような会話が、二人の間で何度か繰り返されている。

「メアリ、もし君が愛しているって言ってくれないなら、ぼくはたいした者にはならないよ。もし君が結婚するって約束してくれないのならね。つまり、ぼくが結婚できるようになったら、ということだけれども」

「愛していたとしても、あなたとは結婚しないわ。あなたと結婚するなんて、絶対に約束しません」（第14章）

＊　＊　＊

「ぼくは何だってするよ、メアリ。もし君がぼくを愛していると言ってくれるなら」

「いつも他人にぶら下がって、何かしてもらおうと当てにするような人を愛しているなんて、そんなこと言うのも恥ずかしいわ」（第25章）

このような会話からも、報酬を当てにして努力するというようなやり方は、教育上よくないとメアリが考えていることがうかがわれる。メアリは結婚してからも、フレッドを立派な人間へと成長させる。

もうひとり、フレッドの教育に大きな影響を及ぼしたのは、フェアブラザー牧師である。フェアブラザーは、密かにメアリに想いを寄せていたが、フレッドから彼女への想いを打ち明けられたため、身を引いて、彼女に求婚することを断念する。しかし、ケイレブのもとで真面目に働くようになったフレッドが、気の緩みからふたたび賭博場に通い出したことを知ったとき、彼はフレッドに対して忠告を与える。もしフレッドが堕落してメアリに相応しくない人間になるのなら、自分が代わりにメアリの愛を勝ち得ることになる可能性があるかもしれないと示唆したのである。恋敵フェアブラザーのほうが自分よりも格段に優れた人間であることを認識しているフレッドには、この言葉が応える。「ある立派な行為を見て感激した人が、身体中に震えが走り、生まれ変わって生き直そうという気にさせられた、というのを聞いたことがある。それと似た感動を、まさにそのときフレッドは経験したのである」（第66章）とあるように、フレッドはフェアブラザーの真心に感謝し、価値ある人間になることを決心する。

フレッドはその後、道を踏み外すことはなかった。結末で彼は、バルストロード夫人からストーンコートの農場管理を任されることになり、メアリとの結婚が可能になる。「フィナーレ」では、フレッドがメアリとの結婚後、堅実に生きて、真の幸福を獲得したさまが語られる。彼はフェアブラザーに対する感謝も、終生忘れなかったという。おまけにフレッドは、理論家でかつ実地にも通じた農場経営者として有名になり、農業専門書も出して、仲間内で称賛されるまでになったという。このことから、彼が大学教育を受けて学位を取ったことも、学問的な基礎力を養ううえで、結果的に役立ったことがうかがわれる。

こうして、〈エミール〉にとっての成長の仕上げが〈ソフィー〉との結婚であったように、フレッドはメアリとの結婚によって、見事に人間的な成長を遂げたのである。

8 心理 psychology

心理と文学

文学とは、そもそも人間の心を描くものであり、心理学は、人間の心を研究する学問である。したがって、同じ対象を扱う文学と心理学とは、親近性が強い。心理学の父と呼ばれるウィリアム・ジェイムズが、「意識の流れ」の理論を提唱し、弟のヘンリー・ジェイムズのみならず、ジェイムズ・ジョイスほか多くの作家たちに影響を与えたように［↓本書I—7　意識の流れ］、心理学が文学に働きかける場合もある。

逆に、心理学のほうでも、文学を援用することによって理論を展開するという手法を取る場合が少なくない。たとえば、「無意識」の概念を導入し、心理学の発展への道を開いたオーストリアの神経科医ジークムント・フロイト（一八五六〜一九三九）が、精神分析学において用いた「エディプス・コンプレックス」（男児が無意識のうちに同性である父親を憎み、母親に愛着を持つ傾向）という語は、ギリシア神話のエディプス（オイディプス）王が、父とは知らずに父を殺し、母を妻にした悲劇的物語に因（ちな）んで名づけたものである。フロイトは文学に造詣が深く、文学論文もいくつか発表している。論文「小箱選びのモチーフ」ではシェイクスピア（一五六四〜一六一六）の『ヴェニスの商人』（一五九六）や『リア王』（一六〇五）を、「不気味なもの」ではドイツ・ロマン派の小説家E・T・A・ホフマン（一七七六〜一八二二）の短編小説「砂男」（一八一七年、『夜曲集』収録）を中心に、「ドストエフスキーと父親殺し」ではドストエフスキーの『カラマーゾフの兄弟』を取り上げて、作家や作品の底に潜む無意識を分析した。

しかし、心理学が生まれるよりはるか前から、文学は人間の心理を描いてきた。フロイト以前の文学にフロイトの精神分析理論を応用したり、ユング以前の文学にユング心理学を応用したりすることによって、作品の解釈が深まる場合もある［↓前著Ⅱ—5　精神分析批評］。

「心理小説」とは、人間の心理の動きに焦点を当て、その分析・観察を主眼とするジャンルであるが、この種の小説の歴史も、心理学の誕生より前に遡る。フランスでは、ラファイエット夫人（一六三四～九三）の『クレーヴの奥方』（一六七八）に端を発し、ラクロ、バンジャマン・コンスタン（一七六七～一八三〇）、スタンダール（一七八三～一八四二）、ウジェーヌ・フロマンタン（一八二〇～七六）、レイモン・ラディゲ（一九〇三～二三）などを経て、人間の心理のなかでも、ことに恋愛心理の微妙な綾（あや）を克明に分析することに重点を置いたジャンルとして発展した。イギリスでは、エリザベス・ギャスケル、ジョージ・エリオット、ジョージ・メレディス（一八二八～一九〇九）など、アメリカではホーソン、エドガー・アラン・ポー（一八〇九～四九）、ヘンリー・ジェイムズなどが、心理小説の系譜上に位置づけられる。日本では、二葉亭四迷（ふたばていしめい）（一八六四～一九〇九）の『浮雲』（一八八七～八九）が先駆的作品であるとされ、夏目漱石（一八六七～一九一六）を経て、川端康成（一八九九～一九七二）や堀辰雄（一九〇四～五三）等へと引き継がれ、心理小説の系譜が形成されていった。

『ミドルマーチ』では、これまでにもすでに見てきたとおり、さまざまな人物の心理が分析・観察の対象として描かれている。研究で行き詰まり、妻とラディスローの関係に嫉妬するカソーボンの屈折した心理、夫への信頼が崩れ幻滅していくドロシアの心理、夫婦生活のほころびから次第に追い詰められて葛藤するリドゲイトの心理をはじめ、その例は、枚挙にいとまがない。

認知の歪み

ものの見方が歪んでいることを、「認知の歪み」(cognitive distortion)という。この用語の理論的な出所は、心理療法のひとつとして、一九六〇年代にアメリカの精神科医アーロン・ベック(一九二一〜)によって提唱された「認知療法」である。ベックはフロイトの精神分析を学んだが、研究対象を従来の「無意識」から「意識」へ移し替えることによって、観察可能な思考である「認知」に注目する新しいアプローチを考案した(なお、認知療法は、一九九〇年代ごろからは、「認知行動療法」に分類されるようになった)。人間は、世界をありのままの姿で見ているのではなく、そのなかの一部を選び出し、自分なりの解釈を施して、認知している。そこには、思い込みや誤解、拡大解釈などが含まれる場合もある。そのような不適切な見方を「認知の歪み」と呼び、認知療法では、これを修正することによって症状の改善を試みようとするのである。

人が成長するにつれて、物事の根本的な捉え方、固定的な考え方の癖のようなものが形成されていく。それは、たとえば「私は、〇〇だ」「世の中とは、××だ」というように、断定的で短い文章で表現され、世界観や自己についての信念の土台となり、他者との関係を形成する原理ともなる。このような中核的な認知構造を「スキーマ」と呼ぶ。スキーマに基づいて、無自覚のうちに生じてくる脳内メッセージを「自動思考」と言い、自動思考によって浮かんでくる不合理な考え方や否定的・悲観的な感じ方が、「認知の歪み」なのである。

ここで、エリオットの時代以降に生まれた専門用語である「認知の歪み」という概念を借りて、作品中の登場人物について考察してみよう。先に、両親の愛情に恵まれて育ったフレッドが、人格の基盤に安心感を備えた人物であることについて、取り上げた。同じヴィンシー家の恵まれた家庭環境に育ったロザモンドも、同様に自己肯定感が強いが、彼女は兄とは異なり、それがかなり歪(いびつ)な形で表れた人物として描かれている。語り手の描写からは、彼女が《私は正しい》《私は模範的な女性である》というようなスキーマの持ち主であることが、繰り返し浮かび上がってくる。たとえば、ヴィンシー氏が、リドゲイトには所帯を持つ金の余裕がないから結婚を延期するようにと、妻をとおして娘に伝えたときにも、「ロザモンドはモスリンの仕立てを調べながら黙って話を聞いたあと、優雅に首をくねらせた。それは絶対に人の言うとおりにはならないことを示す仕草だった」とあるように、「物静かな粘り強さ」(第36章)によって、自分の思いどおりに突き進んでいく。また、結婚後、妊娠した身で、准男爵の息子であるリドゲイト大尉と乗馬に出かけ、夫に二度とそのような危険なことをしないようにとたしなめられたときにも、心のなかでは折れようとしない。そのような彼女の態度について、語り手は次のように述べる。

実のところ、彼女は約束なんかするまいと心に決めていた。ロザモンドには、性急に反抗してエネルギーを擦り減らすようなことはしないという頑固さがあり、結局はそれが勝つ。自分がそうしたいと思うことが、彼女にとっては正しいことなのであり、どうやったらそれがやり通せるかということに、知恵のすべてを傾ける。（第58章）

結局、ロザモンドはふたたび大尉と乗馬に出かけ、馬が暴れたことがきっかけで、流産してしまう。しかし、それでも彼女は自分が間違っていたとは認めない。「その後何度かこの話題が出たときにも、ロザモンドは、馬に乗ったことは問題なかったのだ、家にいたって同じようなことは起きて、同じ結果になっていたかもしれないのだ、前からそういう徴候はあったのだから、と言って、穏やかながらも譲らなかった」（第58章）とある。赤ん坊が死んでも後悔しないという頑なさには、かなり認知の歪みが見られると言えるだろう。

その後、家計の問題で夫との間に言い争いが起こったときにも、ロザモンドはつねに自分は正しく、誤った夫のせいで被害に遭っているのだという考えを、決して曲げようとしない。彼女のスキーマが初めて崩壊するのは、ウィル・ラディスローと二人きりでいたところをドロシアに目撃されたあと、彼から手痛い仕打ちを受けたときである。ラディスローはロザモンドの手を払いのけ、「あの人に比べられる女性なんてひとりもいない。ほかの女の生きた手に触れるよりも、死んだ手でもいいから、あの人に触れるほうが、ぼくはいい」と言い放つ。

こんな毒々しい言葉の武器を投げつけられているうちに、ロザモンドは自分というものをなくしてしまい、見知らぬ惨めな人間に成り代わってしまったような気がした。夫がどんなに不機嫌な嵐を吹かせようが、彼女は決然とした態度で冷ややかにはね返し、自分は正しいのだと黙ったまま自己主張してきたが、いまはそういう気分ではなかった。全感覚が、これまでに経験したことのない痛みを覚えて戸惑っているようだった。初めて鞭打たれて、恐ろしさにひるんでしまったような感じだ。ほかの人間から向けられている敵意が、彼女の意識に焼きつき、食い込んできた。ウィルが話し終えたとき、彼女は病み衰えた不幸な女の姿になっていた。（第78章）

ここでロザモンドが経験したのは、《私は正しい》《私はすべての男性を魅了する》というスキーマの崩壊である。なぜなら、ロザモンドはつねに完璧な容姿を備えた女性として現れ、彼女が「病み衰えた不幸な女の姿」として描かれるのは、この一箇所しかないからである。

このあとリドゲイトが帰宅すると、彼女は夫にしがみついて、ヒステリーを起こしたように泣きじゃくるのだ。

とはいえ、ロザモンドの認知の歪みがこれですっかり直るということはなかった。「フィナーレ」で語り手は、その後のロザモンドの繁栄ぶりを伝えたさいにも、「ただ、物静かな態度で、自分の判断を曲げず、夫に忠告をしたがり、策略を弄して夫を苛立たせるという点では、どこまでも変わらなかった」と語って、彼女を退場させているからである。

フランクル心理学との接点

第三ウィーン学派の理論家として知られるオーストリアの精神科医・心理学者ヴィクトール・フランクル（一九〇五～九七）は、その著書『時代精神の病理学』（一九五五）において、これまでの心理学・精神医学を批判しつつ、自らの立場を明らかにしている。フロイトの精神分析では、人間は、リビドー（性本能・性衝動のエネルギー）を中心とした生理的欲求、すなわち「快楽への意志」に基づく存在として捉えられた。一方、オーストリアのアルフレッド・アドラー（一八七〇～一九三七）の個人心理学においては、人間は社会的存在であるゆえに、自他の比較から優劣の感情を抱き、他人に優越しようとする努力、つまり「力への意志」によって支配されるとする。しかし、これらの意志は、動物と共通した欲求を基盤としたものにすぎない。それに対してフランクルは、より人間にとって本来的なのは、何のために生きるかという意味、生きる目的を追求する「意味への意志」であると主張することによって、「実存分析」(ロゴセラピー)という独自のアプローチを提唱したのである。ユダヤ人であるゆえにナチスによってアウシュビッツ他の強制収容所に収容されたフランクルは、まさに自らの限界状況の体験をとおして、最悪の事態を人間に耐え抜かせるものが「意味への意志」にほかならないことを、立証したのである。

強制収容所での体験を書き記した『夜と霧』(一九七七)において、フランクルは「わたしたちが生きることからなにを期待するかではなく、むしろひたすら、生きることがわたしたちからなにを期待しているかが問題なのだ」と言う。つまり、欲望を中心として人生の意味を問うのではなく、「生きることの問いに正しく答える義務、生きることが各人に課す課題を果たす義務、時々刻々の要請を充たす義務を引き受ける」という使命中心の生き方へと、「百八十度方向転換」することを私たちに求めるのである。「生きることとはけっして漠然としたなにかではなく、つねに具体的ななにかであって、したがって生きることがわたしたちに向けてくる要請も、とことん具体的である」と、フランクルは指摘する(『夜と霧』、一二九—三〇頁)。「具体的ななにか」とは、〈自分を待っている人〉あるいは〈自分を待っている仕事〉という形をとって現れ、実際、こうしたものを持っていた人のみが限界状況を生き延び得たということを、フランクルは証言するのである。

　実存を土台としたフランクルのこの思想は、まさにエリオットの文学のテーマと一致している。進歩思想や立身出世が信奉されたヴィクトリア朝時代の世相を背景としつつも、エリオットは結局、主要人物が自分の野心や欲望を貫いて自己達成するという物語を書こうとはしなかった。エリオットの小説はすべて、大きな漠然とした願望を抱いた人物たちが、挫折を経て、ごく身近で具体的な「義務」のなかに「生きる意味」を見出すというテーマへと収斂（しゅうれん）していく。

『ミドルマーチ』では、女主人公ドロシアは、偉大な人物に献身する人生を夢見て、学者カソーボンと結婚したが、結局夢は破れ、夫の死後、自分の地位や財産を使って、地域の人々のためにできることをしようと努めながら生きていく。リドゲイトが窮地に陥ったときにも、ドロシアはただひとり彼を助けるために尽力する。そのさなかに、ドロシアはラディスローとロザモンドの親密な関係を知って衝撃を受けるが、個人的な悩みを克服して、自分にできる具体的な何かへと目を向け、引き続きリドゲイト夫妻のために奔走する。結局ドロシアは、地位も財産もない社会運動家ラディスローと結婚し、善意によって周囲の人々に影響を与えながら生きていくことに、意味を見出すに至るのである。

『ミドルマーチ』以外の作品でも、エリオットの主人公たちは、最初の段階では、自己中心的に「人生に何かを期待する」という態度に留まっているが、苦悩を経て、考え方の転換を迫られたとき、むしろ「自分が人生から課されていること」が何であるかを発見する。その結果として、彼らは当初の期待どおりの華々しい生き方を遂げることはできないが、世の中の網目をなす一構成要素として役立つことが、自分の「義務」であり、「使命」なのだと悟る。このように、エリオットの登場人物たちが辿る方向性は、あたかもフランクル的な「実存」へと目覚めてゆく道筋を示しているように思われるのである（廣野「ジョージ・エリオット文学における実存思想」）。

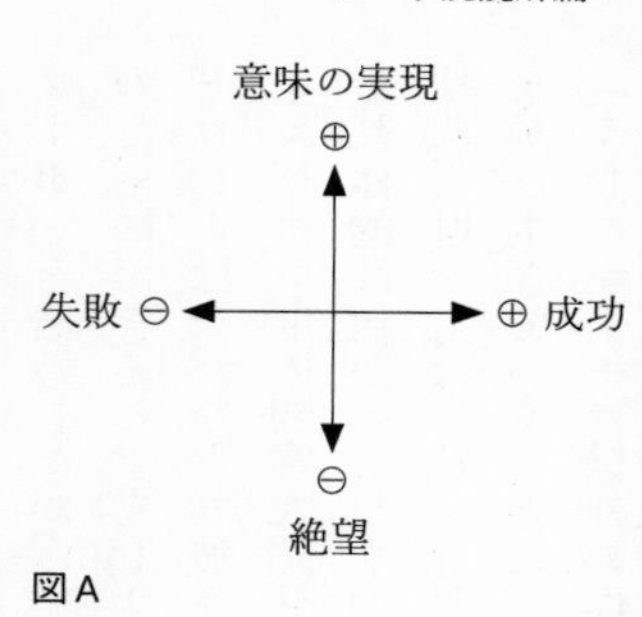

図A

フランクルは『〈生きる意味〉を求めて』（一九七八）において、人間を「ホモ・サピエンス」（知恵ある人）と「ホモ・パチエンス」（苦悩する人）という二種に分けてみたとき、前者は「成功／失敗」を両極とする座標軸上を動き、他方、後者はそれと直交する軸、すなわち「意味の実現／絶望」を両極とする座標軸上を移動するということを説明した（【図A】）。このような考え方によって、フランクルは、「成功しているにもかかわらず絶望の淵に立っている人がおり、また一方では、失敗しているにもかかわらず、その苦しみの中にさえ意味を見出すことによって、達成感や幸福感さえ感じている人に出会う理由が理解できる」としている（『〈生きる意味〉を求めて』、五八―六〇頁）。

フランクルが示したこの図を参照するなら、エリオットの作品のストーリーは総じて、成功を求めて水平方向の座標軸上を移動しつつ生きていた主人公が、垂直方向の動きへと転じ、絶望から〈意味の発見〉へと上昇して行くという形を示していると言えるだろう。ドロシアのストーリーとリドゲイトのストーリーの相違は、ドロシアが水平方向から垂直方向へと転じることができたのに対し、リドゲイトにはそれがかなわなかった点である。このように、エリオットの文学は、のちにフランクルが体系化することになる実存思想を、具体的な物語という形ですでに先取りしていることがわかる。

科学と文学

文学の世界では、物語の舞台となっている時代の科学技術の発展段階が、人々の生活スタイルやものの考え方に自ずと影響を及ぼす。たとえば通信手段ひとつを取ってみても、現代の作品ならば電子メールが出てくるかもしれないが、それが生まれる以前の作品では、電話や電報など、その時代の技術の進歩状況が反映されることになる。『ミドルマーチ』では、通信はもっぱら手紙によって行われていて、輸送手段は郵便馬車（イギリスでは、一六世紀から郵便制度が始まっていたが、一七八四年から郵便馬車が用いられるようになる）、もしくは使用人による伝達であろうと推定される。灯りは、電気がない当時は蠟燭だった。人々の移動手段は、大部分が馬車である。作品には、鉄道敷設工事の話題が出てくるが、実際に鉄道が使用されている例は、ラッフルズがリッグを訪ねたあと、駅馬車に乗り、ブラッシングで新設の鉄道に乗り換えて、車中で乗客に大声で話すという箇所（第41章）しかない。医学の発展段階が異なれば、病気の治療法に関する慣習や考え方も、様相が変わる。『ミドルマーチ』の医療界では、数多くの内科医や外科医などが登場するが、リドゲイトができるだけ薬を投与しない治療法や、医薬分業を試みようとしたことは、当時の地方では革新的であったため、同業者から激しく攻撃されたばかりではなく、薬を妄信する患者たちからも反発を買う(医療事情については、廣野訳『ミドルマーチ 3』読書ガイド3参照)。

しかし、文学作品においては、舞台の時代背景が必ずしも忠実に反映されるとはかぎらない。なかでも、空想上の科学技術の発達を想定して作られた文学作品のジャンルを、サイエンス・フィクション(SF)という。SFでは、科学の発達とその脅威を扱うことが中心テーマである場合が多いため、ジャンルとしてのSFが本格的に出現したのは、近代科学が起こり、科学に対する人々の関心が高まった一九世紀後半以降とされる。しかし、その起源は、はるか古い時代に遡るという考え方もある[↓前著Ⅱ―2 ジャンル批評]。

『ミドルマーチ』はジャンルとしてはSFには該当しないが、SFとまったく無縁だというわけではない。というのは、メアリ・シェリーの『フランケンシュタイン』(一八一八)、フランスのジュール・ヴェルヌ(一八二八〜一九〇五)の『地底旅行』(一八六四)、イギリスのH・G・ウェルズの『タイム・マシン』(一八九五)、『モロー博士の島』(一八九六)、『透明人間』(一八九七)、チェコのカレル・チャペック(一八九〇〜一九三八)の『R・U・R』(一九二〇)をはじめ、古典的な作品例を挙げてみてもうかがわれるとおり、SF作品の主人公、もしくは主要人物群は、科学者であるからだ。『ミドルマーチ』でも、主要人物のひとりであるリドゲイトが科学者・医者であるため、彼をめぐる物語においては、科学や医療に関連する内容が濃厚に含まれているのである。

科学者リドゲイト——恋に堕ちた〈フランケンシュタイン〉

先に、社会を有機体として捉える社会学的考え方として、「有機体論」に言及した［↓本書II—3　社会］。有機体論とは根本的に、全体の統一に向けて物事を関係づけるという思考方法を取り、さまざまな領域において応用される。科学の世界でも、たとえばダーウィンが『種の起源』において、「生きているものも絶滅しているものもすべて、ひとつの大きな体系にまとめることができ、それぞれの綱のメンバーが、最も複雑に拡散する類似の系列によって結びつけられている」(Darwin, Ch.13, p.380) と述べているように、進化論の考え方の土台にもなっている。

フランスの解剖学者M・F・X・ビシャー（一七七一～一八〇二）は、「生命体とは根本的に、はじめは個々ばらばらに調べて、あとで寄せ集めて理解されるような各器官の連合体ではない、という考え方を最初に提唱した」（第15章）と作品にあるとおり、生理学の分野での有機体論の提唱者である。次の一節に述べられているように、リドゲイトは、ビシャーの後継者として、独自の学説を発展させる野心を抱いていた。

ビシャーの研究から引き出されるこの問題は、すでにヨーロッパの研究者たちの間で多くの学説を呼び起こしていて、リドゲイトが夢中になっていたのも、この問題だった。彼は人体構造のより有機的な関係について証明し、概念を明確にするために役立ちたかった。この研究はまだ行われていなかったが、心得のある人には準備に取りかかれる段階となっていた。原始的な組織とは何か？――リドゲイトはこのような問を立てた。しかしこれでは、待っていても答えが出るような問い方ではなかった。答えを求めているのに、適切な言葉が出てこないということは、よく起こる。彼は寸暇を惜しんで、研究を立て直そうとした。外科用メスだけでなく、顕微鏡を（このころ顕微鏡は、ふたたび新たな信頼を寄せて、研究に用いられるようになっていた）せっせと用いて、さまざまなヒントを得ようとした。リドゲイトが自分の将来について立てていた計画は、こういうことだ――ミドルマーチのために小さなよき仕事を、世界のために偉大な仕事をしようと。（第15章）

「寸暇を惜しんで」研究にのめりこみ、「外科用メスだけでなく、顕微鏡を」せっせと用いて、「世界のために偉大な仕事をしよう」と考えていたというリドゲイトの姿からは、SFの主人公フランケンシュタイン像がおぼろげに浮かび上がってくるようだ。リドゲイトにとっての「原始的な組織」の発見は、フランケンシュタインにとっての「人造人間を製造するための生命の謎」の発見と重なり合う。時代設定としては、フランケンシュタインが二〇代のときは一七九〇年代、リドゲイトが二〇代のときは一八二〇年代で、約三〇年の隔たりがある。しかし、リドゲイトが研究に励んでいた「一八二九年末ごろの段階では、医療は全般的にいまだ古い道をよたよたとつまずきながら歩いているような状況」（第15章）だったとあるように、科学の発展状況としては、それほど大差はなさそうである。

そもそも、この二人が科学者への道を歩み始めるきっかけとなった出来事の状況設定が、そっくりである。彼らはともに、少年時代のある日、雨に閉じ込められて、たまたま手に取った書物を開いて、電撃に打たれたように神秘の世界に目を開かれる。フランケンシュタインは、旅行中に宿で手に取った神秘学者アグリッパの書物との出会いによって、リドゲイトは休暇中に家の書斎で手にした百科事典の「解剖」のページを開いたことによって、運命が一変するのである［↓前著II—9　文化批評］。

医学の勉強を終えてミドルマーチにやって来たリドゲイトは、ロザモンドと知り合うと、たちまち恋に陥る。しかし彼は、研究を優先して、当分の間結婚する気はなかった。ヴィンシー家を足繁く訪れていたリドゲイトは、ある日も、恋敵プリムデイル青年の嫉妬をよそに、その面前で、彼女と戯れの会話を交わして楽しむ。次の一節は、その出来事に続く部分である。

その夜、帰宅すると、リドゲイトはガラス瓶を覗き、ブドウの皮を溶剤に浸して溶かす実験の経過を、集中して観察した。そして、いつもどおり正確に日誌をつけた。彼にとって、取りついて離れない夢想の対象はロザモンドの美点ではなく、それとは別のものを理想的に組み立てることだった。原始的な組織こそ、彼がいまもなお慕う未知の麗しきものだった。（第27章）

科学の謎に魅せられ、取りつかれたように実験に打ち込むリドゲイトの描写には、フランケンシュタインに通じるマッド・サイエンティストの面影が垣間見られるようだ。

しかし、リドゲイトは、途中からフランケンシュタインとは異なった道を歩むことになる。彼は、いったんは研究に打ち込むためにロザモンドから遠ざかるが、ふとしたはずみで、ロザモンドが悲しんでいる姿を目にしたとき、情にほだされて彼女に求婚してしまう。彼の研究生活は、次第に結婚生活と両立しなくなり、結局は破綻する。ミドルマーチを去らなければならなくなったリドゲイトは、彼自身の言葉を借りるなら、「殻のなかに這いずり込んで、ひっそり生きていく」（第76章）。こうして夢破れたリドゲイトは、開業医としては成功したものの、つねに自分のことを失敗者だと思い続けたあげく、五〇歳で若死にしたと、「フィナーレ」で告げられる。語り手は、最後に次のようなエピソードを付け加えている。

彼は一度、妻のことを「ぼくのメボウキ」と呼んだことがある。彼女がどういうことかと尋ねると、彼は、メボウキとは殺された人間の脳みそを肥やしにして花を咲かせる植物だと、説明したのである。

「メボウキ」の比喩からもうかがわれるように、リドゲイトは、いわば妻ロザモンドという花を咲かせるために、生命力を吸い取られる形になってしまった。直接の死因は伝染病ではあったが、少なくともリドゲイト自身の意識によれば、彼は妻によって間接的に死に追いやられたのも同然だった。それに対して、フランケンシュタインの妻エリザベスは、怪物によって殺される。怪物はフランケンシュタインに復讐するために、彼の妻を殺害したのだから、フランケンシュタインは、間接的にエリザベスを死に追いやったことになる。このように、フランケンシュタインとリドゲイトは、妻との関係においても立場が逆であることがわかる。リドゲイトもフランケンシュタインも、科学者として敗北するという点では、共通する。しかし、目的を達成したゆえに挫折したフランケンシュタインに比べると、目的達成に至らなかったリドゲイトの挫折のほうが、より「人間的」な敗北であったと言えるだろう。こうして、『ミドルマーチ』は、科学小説的な種子を含みつつも、空想科学的な展開とは別の現実へと向かうのである。

小説への科学的なアプローチ

『ミドルマーチ』では、科学の歴史への言及が多く、科学への関心が深いばかりではなく、語りの方法のなかにも科学的手法が取り入れられている。

たとえば、カドウォラダー夫人が、ドロシアとサー・ジェイムズの縁談のために奔走し、それが失敗すると、すぐさま花嫁候補をシーリアに替える方向へ進めようとしたのはなぜかという理由を説明するさい、語り手は次のように述べる。

一滴の水を顕微鏡で覗いてみても、たいしたことはわからない。度の弱いレンズを当ててみると、ある生物が微生物を貪り食っていて、その口の中に、無数の微生物が磁気を帯びた小銭のように吸い込まれていくさまが見えるとする。ところが、これに度の強いレンズを当ててみると、繊毛が渦巻き状になって、微生物たちを巻き込み、飲み込む側の生物は、税金を受け取る税関のようにじっと待っているように見えてくる。この比喩を使って言うならば、縁結びに走るカドウォラダー夫人の行動に度の強いレンズを当ててみたら、そこにはいくつかの小さな理由があり、それが考えや言葉という名の繊毛の渦巻きを作り出して、彼女が食べたいご馳走を口のなかへ運び込んでいくさまが見えるだろう。（第6章）

ここで語り手は、人物の行動の動機を探るにあたって、「度の強いレンズを当ててみる」という比喩的表現を用いて、微細な理由や言動の仕組みを観察するという科学的方法を取る方針を打ち出している。

また、ロザモンドの自己中心性について語るにあたって、語り手は次のような一節から導入する。

私の知り合いのなかに、粗末な家具でも、科学の澄んだ光を当てて、威厳あるものへと引き上げることのできる哲学者がいるのだが、この人が、こういう意味深い実験をして見せてくれたことがある。立見鏡とか、ぴかぴかの鋼の延板の表面を、女中が磨くと、あちこちに小さなひっかき傷がたくさんできる。その前へ火のついた蠟燭を、光源として置いてみると、どうなるか？　なんと、ひっかき傷が、その小さな太陽の周りで輪になり、見事な同心円をなして並ぶのである。ひっかき傷はみな、あちこちに散乱しているのに、同心円状に並んでいるような錯覚が生じるのは、ただ蠟燭のせいであって、その光が当たるさい、排他的な光学上の選択が行われているわけである。

この現象は譬え話になる。ひっかき傷とは個々の出来事で、蠟燭は、いまここにいない誰かの——たとえば、ロザモンドの——エゴイズムだとしてみよう。ロザモンドには、彼女のための神意とも言うべきものが存在し、その思し召しによって、彼女はほかの娘たちよりも美人に生まれついていて、リドゲイトとうまく近づくように、フレッドが病気になって、レンチ医師が失敗を犯すというような計画になっているわけである。(第27章)

ロザモンドは、兄が病気になり、掛かりつけ医が診断を誤ったため、リドゲイトが代わりの医者としてヴィンシー家に出入りするようになったことを、彼と自分が親しくなるための絶好のチャンスと考える。しかし、語り手はここで科学的な実験の比喩を持ち込むことによって、そのような自己中心的な思考に陥りがちなのは、ロザモンドひとりに留まらないことを示唆している。人はみな、自分のエゴイズムという蠟燭の光を中心に、ばらばらの事象を同心円状に並べて見ているのだという真実が、説得力をもって私たちの脳裏に刻み込まれる。それは、この強烈なイメージが、読者の科学的思考を促す効果を持つからにほかならない。

そのほかにも作品では、科学的な表現や譬え話などが数多く見られる。このように、小説に対するアプローチの態度という点でも、『ミドルマーチ』は科学的な性質を帯びているのである。

10 犯罪 criminology

犯罪と文学

『旧約聖書』の「創世記」におけるカインによる弟アベル殺しの話以来、物語と犯罪とは関係が深い。文学の歴史が始まって以来、犯罪はその題材として扱われてきたといっても、過言ではない。

殺人事件の謎を解く探偵小説というジャンルは、職業探偵が現れた一九世紀前半ごろから欧米各国で誕生し始める。アメリカではエドガー・アラン・ポーの「モルグ街の殺人」（一八四一）が、フランスではエミール・ガボリオ（一八三五～七三）の『ルルージュ事件』（一八六六）が、イギリスではウィルキー・コリンズの『月長石』（一八六八）が、それぞれ探偵小説の元祖とされ、以来、このジャンルは多くの国々において発展してきた。探偵小説とは純然たる謎解きゲームであるという主張と、探偵小説も文学であるという主張とは、しばしば対立する。しかし、人間の悪の秘密を白日のもとに晒し、その罪を完膚なきまで暴くことを可能とする探偵小説は、人間の弱点や人間性の暗部を探究するうえで、格好の文学ジャンルのひとつであると言えるだろう（廣野『ミステリーの人間学』序章)。

『ミドルマーチ』にも、バルストロードによるラッフルズ殺害疑惑という疑似犯罪事件が含まれている。作品後半のラッフルズ怪死事件に関わる部分は、あたかも探偵小説のように、ミステリー的雰囲気が濃厚になっている。次に、この事件について、諸観点から見ていきたい。

動機

殺人の動機は、すでに述べてきたとおり、バルストロードが自分の後ろ暗い過去を知っているラッフルズに秘密を暴露されたら、現在の自分の社会的地位が失われるだろうと、極度に恐れたことである〔↓本書I—9 ミステリー/サスペンス/サプライズ、II—1 宗教〕。事の発端は、ラッフルズが二五年ぶりにバルストロードの前に姿を現したことだったが、バルストロードは初めから殺意を抱いていたわけではない。犯罪行為を先に起こしたのは、むしろラッフルズのほうである。最初に会った日とその翌日、ラッフルズがバルストロードに向かって口にした要求がましい言葉には、次のようなものがある——「おれを招待してくれるお屋敷があるんだろうなあ」「おれは、どこかいい家でいっしょに暮らそうって、あんたから誘いがあるかと思ったんだがね」「おれは自立できる収入が欲しいんだ」「おれの都合に合わせてもらわなきゃなあ」「二百ポンドくれ。たいした金じゃないだろ。そうしたら、おれは出て行くよ」「あんたが持って来るまで、ここで待ってるよ」等々（第53章）。要求自体は法外なものではないが、このような言葉を口にする前後に、ラッフルズはバルストロードの過去をほのめかすような言葉をちりばめている。その手法は、恐喝者の手口そのものである。

ふたたび姿を現したラッフルズは、さらに大胆な態度に出始める。彼はバルストロードの留守中、シュラブズ屋敷を訪ねて夫人に会い、翌日銀行でバルストロードに面会すると、近々この近辺に住むことにするつもりだと言ってのけ、再度金を要求する。このときのバルストロードの心境は、次のように語られている。

バルストロードには、なすすべもなかった。脅してもすかしても、役に立たない。不安の種を与えたところで長続きはしないだろうし、何かを約束しても守ろうとするとはかぎらない。逆に、ラッフルズは——神意によって死んでおとなしくならないかぎり——ミドルマーチにすぐにも戻って来るだろう、という冷然とした確信が、バルストロードの胸の内にはあった。その確信は恐怖に変わった。（第61章）

恐喝者としての本性をむき出しにし始めたラッフルズから、決して逃れられないことを悟ったバルストロードは、邪魔な相手の死を想定し始める。「神意によって死んでおとなしくならないかぎり」という言葉では、あくまでもそれが神意によるものであると取り繕ってはいるが、彼のなかでラッフルズの死を願う気持ちがすでに芽生えていることは、見逃せない。次にラッフルズがシュラブズ屋敷を訪ねて来たとき、バルストロードに対する嫌がらせはさらにエスカレートする。ラッフルズは、屋敷に滞在すると言い張り、「新たな責め苦を受けることから解放されるための代償として、バルストロードからたっぷり巻き上げてやろうと、平然と心に決めていた」（第68章）のである。追い詰められたバルストロードは、強硬策に出ることを決意し、翌朝、今度来たら警察に言うと脅して、ラッフルズを馬車に乗せ、金を渡して追い払う。そのあとバルストロードは、これ以上の迫害から逃れるために、自ら土地を去る計画を始める。

しかし、事態の急変により、バルストロードの計画は変わる。ケイレブが、病気で具合が悪くなったラッフルズを道で見かけ、バルストロードの別宅ストーンコートに連れて来たのである。これを知ったときのバルストロードの心境は、次のとおり描かれる。

これらの出来事が呼び起こす可能性を思い浮かべて、バルストロードの胸はどきどきした。もし恥辱を受ける危険からすっかり解放されることになれば、そして、自由にのびのびと息ができるようになれば、彼の生活はこれまで以上に、神に捧げられるようになるだろう。彼は心のなかで、その誓いを立てた。そうしておけば、自分が切望する結果が促進されるとでもいうかのように。彼はその祈りどおり解決する力を、信じようとした。彼は自分の言うべきことは、「神のご意志のままになされんことを──死を決定づける力を」という祈りの言葉であるとわかっていたし、何度もそう祈った。しかし、その神のご意志とは、あの憎むべき男の死であってほしいという彼の強烈な願望に、変わりはなかった。（第69章）

バルストロードが心に浮かべた「可能性」「すっかり解放される」「自由にのびのびと息ができる」「自分が切望する結果」などの言葉は、すべてラッフルズの死を意味する。それを招くのは、「死を決定づける力」「神のご意志」であると信じて祈ろうとするが、最後の文章にもあるとおり、とどのつまり、それは「あの憎むべき男の死であってほしいという強烈な願望」にほかならなかった。この段階では、ラッフルズの死を待つのみで、自分が手を下す計画はなかった。しかし、他人の死をこれほどまで強く願うことは、殺意と紙一重であり、状況次第では、死を促進する動機へと転じかねない。こうして、恐喝という犯罪は、殺人という次なる犯罪への動機を煽（あお）ることになったのである。

犯罪行為

バルストロードは、自分に対するケイレブの態度が一変したのを見て、ラッフルズがケイレブに秘密を漏らしたのだろうと察し、動揺する。しかし、ケイレブが秘密を口外するような人間ではないこと、病人の運ばれた先が自分の別宅ストーンコートであったことに、安堵する。

ラッフルズの病状の悪化ぶりを見たバルストロードは驚くが、彼が最初に行ったことは、ラッフルズがケイレブ以外の誰かに秘密を漏らしていないかどうかを確かめることだった。「脅したら本当のことを吐くのではないか」（第69章）と考えたバルストロードは、まずラッフルズを責め立てる。意識が混乱しているラッフルズから、本当のことを聞き出すのは無理だと悟ったバルストロードは、次に、使用人に秘密が漏れていないかどうか様子を探り、心配はなさそうだと踏む。

次にバルストロードは、リドゲイトを呼んで診察を依頼し、病人の回復の見込みについて医者から聞き出そうとする。そして、自分ひとりで病人を看病すると申し出て、リドゲイトから看病の仕方について指示を受ける。リドゲイトからの注意点は、患者には決して酒類を与えてはならず、手当てを誤ったら命を落とすかもしれないということだった。そして、「リドゲイトがストーンコートを立ち去ったあと、バルストロードが真っ先にしたのは、ラッフルズのポケットを探ることだった」(第70章) と続く。この行動の目的は、ラッフルズのポケットのなかに、途中で立ち寄った宿代の請求書がないかを確認すると同時に、財布の中身を見てラッフルズの所持金を調べることだった。これらの証拠により、自分と最後に会って以来、ラッフルズがミドルマーチから離れていたのは本当であろうと推測して、バルストロードは安堵する。このようにバルストロードは、秘密がケイレブ以外に漏れていないかどうかを、執拗に確認する。それは、邪魔な男さえ消えれば、自分の秘密が隠蔽できるという事実を確認することが、彼にとって重要であるからにほかならない。他人のポケットを探るという行為は、すでに犯罪性を帯びているようにも見える。しかし、取りあえずバルストロードは、自分の義務を果たそうとする。夜通しラッフルズを看病し、ラッフルズがどんなに酒を欲しがっても、医者の指示に従って、酒を与えようとしなかったのである。

翌日診察に訪れたリドゲイトは、病人の不眠が続くようなら阿片を与えるようにという新しい指示を出し、服用量と、服用をやめるタイミングについて説明したうえで、決して酒類は与えてはならないと厳重に注意を繰り返す。このときバルストロードは、金に困っていたリドゲイトに、小切手を渡す。そのあと看病を続けるうちに、バルストロードの脳裏に、ラッフルズの死を願う気持ちがもたげて、葛藤が続く。疲れたバルストロードは、家政婦に看病を交代するようにと命じて、治療法の指示を伝える。

次の一節は、そのあと同日の夜にバルストロードの身に起きた出来事の推移である。

こんなふうに思い悩みながら、彼は暖炉の火灯りしかない部屋で、一時間半ばかり座り込んでいた。そのとき突然、あることを思いついて、彼は立ち上がり、さっき持って来た寝室用の蠟燭に火をつけた。阿片の服用をどの時点でやめるかを、エーベル夫人に言い忘れたことを、思い出したのである。

彼は燭台を手に携えたまま、身動きもせず、長い間立ちすくんでいた。家政婦はもうすでに、リドゲイトが処方した分量よりもたくさんの阿片を与えてしまったかもしれない。しかし、いまこんなに疲れきっている自分が、指示の一部を忘れてしまったとしても、しかたのないことのように思えた。彼は手に蠟燭を持って、二階に上がり、まっすぐ自分の部屋に入って床に就いたものか、それとも病人の部屋に立ち寄って、自分の手抜かりを正したものかと、思いあぐねた。彼は廊下で立ち止まり、ラッフルズの部屋のほうへ顔を向けた。すると、病人のうなり声やつぶやき声が聞こえてきた。では、まだ眠っていないらしい。まだ眠っていないのなら、リドゲイトの指示どおりにするよりも、従わないほうがいいのではないか？

彼は自分の部屋に入って行った。まだ着替えが終わらないうちに、エーベル夫人が戸を叩いた。彼は家政婦が小声で話すのが聞こえるように、わずかに扉を開けた。

「すみませんが、あの人にブランデーか何か差し上げてはいけないでしょうか？　身体が沈んでいくようだと言って、阿片以外は何も飲み込もうとしないし、飲んでもほとんど力がつかないのです。どんどん地面の下に沈み込んでいくようだと言って」

驚いたことに、バルストロード氏は、これに対して返事をしなかった。彼の心のなかでは葛藤が続いていたのである。

「あのまま放っておいたら、あの人、きっと力尽きて死んでしまいますわ…（中略）…」かすかに抗議を含んだような口調で、エーベル夫人はつけ加えた。（第70章）

この続きは引用しないので、詳しくは原作を読んでいただきたい。ともかく、ここでバルストロードが、数度にわたり医者の指示に従わなかったということだけは述べておこう。まず、阿片の服用に関して家政婦に言い忘れた指示を思い出したのに、伝えに行かなかったこと。次に、家政婦から病人に酒を与えてよいかと尋ねられたとき、絶対に与えてはならないという医者の指示を意図的に伝えず、無言のままだったこと。そして、家政婦の再三の依頼に応えて、彼はついにある「行為」に出る。計画性もなく、自ら手を下したわけでもなかったが、バルストロードがラッフルズの死を促すきっかけを作ったことは、これで確実となる。

続いて、翌朝のバルストロードの行為を見てみよう。

バルストロードは二階に上がった。一目見ただけで、彼には、ラッフルズが回復に向かう眠りではなく、死の底へと至る深い眠りに落ちているということがわかった。バルストロードは部屋のなかを見回して、ブランデーがいくらか残っている酒瓶と、ほとんど空になった阿片の薬瓶を見つけた。彼は薬瓶を目につかないところに片付けて、ブランデーの酒瓶を持って階下に降り、酒蔵にしまって鍵をかけた。（第70章）

バルストロードが病室に入っていちばんに行ったことは、ラッフルズがもうすぐ死ぬだろうということの確認、次いで、医者の指示に従わなかったことを示す阿片の薬瓶と酒瓶を隠すことだった。つまり、この証拠隠滅の行為こそ、殺人を行ったという自覚が彼自身にあることを示していると言えるだろう。

犯行の発覚と謎解き、そして罪状

犯罪が発覚する過程は、ミステリー・タッチで描かれる。まず、ラッフルズの死を不審に思ったのは、医者リドゲイトである。彼はちょうど病人の臨終の立ち合いに間に合ったが、予想外の展開に驚き、次のように思案を巡らす。

しかし、この患者のことには、不安を覚えた。患者がこんなふうに息を引き取るとは、予想していなかったからである。とはいえ、これに関して、バルストロードを侮辱せずに、どうやって尋ねてみたらよいものか、彼にはわからなかった。家政婦を問い詰めてみたとしたら。しかし、この男は死んでしまったのだ。誰かの無知や無分別のために、病人が死んでしまったとほのめかしてみたところで、何の役に立ちそうもなかった。自分の判断が間違っていたのかもしれない。（第70章）

このようにリドゲイトは、自分の判断ミスかもしれないことを認め、病人の死の原因について、他人に責任を負わせるような追及をすることを断念したのである。

しかし、ここにひとりの「探偵」が登場し、謎解きが進められていくことになる。ラッフルズの死の五日後に、たまたま馬商人バンブリッジ氏が暇つぶしに、賭博場の門の下で通りがかりの人々と噂話をしていたとき、そこに加わった町役人の書記ホーリー氏が、探偵役を務めることになる人物なのである。バンブリッジは、馬を買いにビルクレーという町に出かけたとき、酒場である男に会い、バルストロードの過去の話を聞いたという噂話をする。

「やつは、バルストロードにねだればいくらでもぶんどることができる、秘密をすっかり握っているもんでね、とおれに言っていた」（第71章）と彼は言う。話に加わっていた服地屋のホプキンズ氏は、その男の名がラッフルズだと聞くと、自分は昨日、バルストロードから頼まれて、ラッフルズの葬式の支度をしたという情報をもたらす。ここまで聞いたとき、ホーリー氏は怪しいとにらみ始める。彼はラッフルズがストーンコートで死んだことや、リドゲイトが病人の診察をしたこと、バルストロードが看病をして、三日目の朝に患者が死んだことなど、詳細な情報を聞き出す。ホーリー氏は、その後、次のように事件の調査に乗り出す。

フランク・ホーリー氏は、信用できる事務員をストーンコートへ送って、さらに情報収集を徹底させた。表向きは干し草について調べるのが口実だったが、実際には、ラッフルズとその病気について、家政婦のエーベル夫人から洗いざらい聞き出すのが目的だった。それでわかったことは、ガース氏が、その男を自分の馬車に乗せてストーンコートまで連れて行ったということだった。結局ホーリー氏は、ケイレブに会う機会を作って、事務所を訪問し、ある調停を頼みたいのだが引き受けてくれるかと聞いて、そのあとついでにという感じで、ラッフルズのことを尋ねた。（第71章）

このようにホーリー氏は、家政婦やガース氏など、事件の関係者からの聞き取り調査を進めるのである。ケイレブは、バルストロードにとって不利になることは漏らすまいと口を閉ざすが、結局、彼がバルストロードからの仕事を断ったという事実は、ホーリー氏に隠し切れなくなる。

ここまで進めたあと、ホーリー氏は、次にどう出るかを考える。「ホーリー氏は、ラッフルズが暴露したことに関しても、彼の死んだ事情に関しても、法的な手掛かりは何もないということに、間もなく気づいた。そこで彼は、自ら馬に乗ってローウィック村に行き、死亡登録簿を確認して、フェアブラザー氏に事の顚末を話した」（第71章）とある。彼は事件の発生した教区の牧師からも、何か参考になることが聞き出せないかと、情報収集を徹底したのである。

リドゲイトが借金から解放されたという噂が間もなく町に流れると、リドゲイトの金回りがよくなったことと、バルストロードがラッフルズの陰口をもみ消したがっていたという事実とが結びつけられ、醜聞が一気に広がる。するとホーリー氏は、医者たちを集めて、病理学的観点から事件について議論する機会を作り、死因が振顫譫妄（しんせんせんもう）（慢性アルコール中毒に伴う症状）であるというリドゲイトの作成した死亡証明書との関連で、家政婦から聞き出した詳細のすべてを披露した。医者たちの見解は、次のとおりである。

医者たちはいずれも、この病気に関しては昔から精通していて迷うところがなかったので、その報告のなかに疑わしいとされるような決定的根拠は何もないと断言した。しかし、道徳上、疑わしい点は残っている。それは、バルストロードには、明らかにラッフルズを排除したいという強い動機があったこと、そして、そういう決定的な時期に、彼がリドゲイトに援助を与えていることだった。…（中略）…だから、ストーンコートにおける死亡事件に関して、有罪の直接的な証拠は何もなかったにもかかわらず、ホーリー氏の選り抜きの集まりがお開きになったときには、この事件は何か「臭う」という直観が残ったのだった。（第71章）

結局ホーリー氏は、法的観点からも医学的観点からも、殺人の証明はできず、「道徳上の疑惑」と、怪しいという「直観」のみにしか辿り着けなかった。しかし、この結論に至るまでに、ホーリー氏は、打てる手をすべて打って、調査・推理を行っており、見事に探偵役を果たしていると言えるだろう。彼は最後の総仕上げとして、町の重要人物が集まった会議の席上で、バルストロードの過去の悪行と殺人容疑とを暴露し、バルストロードに向かって、容疑が誤りであることを証明できないのなら、公的地位から退くようにと要求する。

ホーリー氏は、証拠不十分のため、バルストロードに対して、容疑が誤りであることを証明せよと迫るほかなかったのである。そのような彼の判断が妥当であったからこそ、この事件は、検死を行ったり、司法上の取り調べをしたりするという処置には至らなかったのだろう。では、バルストロードは無実なのだろうか？　バルストロードを糾弾するさい、ホーリー氏は「事情によっては、法の手の届かぬような実践や行動というものがありますが、それが法律によって罰せられる多くの罪よりも悪質な場合もあります」（第71章）と述べている。この言葉が示唆するとおり、バルストロードの罪状は、厳密に言うと「法の手の届かぬ」犯罪である。しかし、現代の法律上の定義では、「未必の故意」に相当するものに属するのではないだろうか。未必の故意とは、「行為者が、犯罪事実の発生を確定的なものとしては認識していないが、その発生があり得ないわけではないものと認識している心理状態」をいい、犯罪類型によっては、未必の故意でじゅうぶんな場合と不足する場合があるが、いずれにせよ「未必の故意と過失との区別が重要な問題となる」（今井、一二一頁）。

このような、刑法上曖昧な罪についての問題を取り上げた作品としては、日本では谷崎潤一郎（一八八六～一九六五）の短編小説「途上」（一九二〇）が挙げられる。これは、偶然性に頼って人を死に至らしめる企み（たくら）として、江戸川乱歩（一八九四～一九六五）により〈プロバビリティーの犯罪〉と名づけられたトリックを扱ったものである。

ここでは、アガサ・クリスティー（一八九〇〜一九七六）の『そして誰もいなくなった』（一九三九）を取り上げてみよう。インディアン島を買い取った謎の人物の大邸宅に招待された八名の客たちと、邸宅の使用人夫妻を合わせた一〇名は、みな過去に誰かを死に至らしめたことがあるという共通点を持ち合わせていた。それらは、交通事故や戦場での死、医療ミス等々、すべて法律の枠内では埋もれてしまう罪だった。一〇名はひとりずつ殺されていき、島には誰もいなくなる。やがて、すでにこの世にいない犯人が書き遺した自白書が発見される。犯人は、法による罰を免れた人々の身辺調査を行い、罪の軽い者から順に殺して制裁を加えるという周到な計画を練ったのだという。

最後に殺された元家庭教師には、生徒である少年が危険な海に泳ぎに行きたいと言ったとき、行けば溺れるかもしれないと知りつつ、止めなかったという過去があった。少年が死ねば、自分の恋人が代わりに財産を相続することになるというのが、彼女の動機だったが、彼女が怪しまれる可能性はほとんどなかったのである。家庭教師は、直接手を下したわけではないが、事件が発生するかもしれないと思いつつ、それを見逃すことによって、結果的には他人を死に至らしめたのである。ここで注目したいのは、最後に殺された人物、すなわち犯人が最も罪が重いと見なした人物の罪状が、未必の故意の一種であったことである。自分自身の安全を確保したまま、自らの手を汚さず楽々と人を死に追いやるというやり方もまた、殺人であり、法的な裁断の有無・軽重にかかわらず、道義的責任が非常に重いのではないかと、アガサ・クリスティーは問題提起したわけである。他人が誤って病人の死を促すのを見過ごすような行為に及んだバルストロードも、これと同種の罪を犯したと言えるが、彼の場合は、神に対してまで自己正当化し、救われようとした点で、道徳的にも宗教的にも、罪は重いと言えるだろう。彼は、法によっては裁かれなかったが、世評に裁かれ、追放の身となったのである。

11 芸術 art

芸術と文学

文学テクストは、つねに先行する文学テクストから、意識的に、あるいは無意識のうちに、何らかの影響を受けているものだ。また、その文学テクスト自体も、後世の文学テクストに影響を与える可能性を含んでいる。つまり、文学テクストは、孤立して存在するものではなく、他の文学テクストとの間に関連がある。この関連性を「間テクスト性」という［→前著I—13 間テクスト性］。すでに述べたとおり、『ミドルマーチ』においては、各章のはじめに添えられた題辞において、さまざまな古典作品が引用され、本作品との内的関連が暗示されている。そのことだけでも、本作品がいかに豊饒な間テクスト性を含んでいるかが、じゅうぶんわかる［↓本書Ｉ—２　題辞］。また、フィールディングの介入的な語りの方法の影響や［↓本書Ｉ—３　語り手の介入］、スコットの歴史的方法の影響［↓本書Ⅱ—５　歴史］などについても、すでに見てきたとおりである。

この「間テクスト性」という概念をさらに推し進め拡大すると、広義のテクストのなかには、文学だけではなく、他の芸術部門の作品も含めて考えることができるだろう。たとえば音楽、絵画、彫刻、映像などが、文学テクストに吸収されたり変形されたりする可能性があると同時に、文学テクストから他の芸術に作用を及ぼす逆方向の場合もあり、相互の影響関係が生じうるからである。

エリオット自身も、芸術を重視する独自の観念を持っていた。彼女は評論「ドイツ民族の生活自然史」のなかで、「画家であれ詩人であれ小説家であれ、私たちが芸術家に負っている最大の利益は、私たちの共感を拡大してくれることである」（*Essays*, p.270）と述べている。この言葉からは、彼女が文学と美術との間に線を引かず、文学を含めた芸術全体に対して、〈共感の拡大〉という目的の達成を求めていたことがうかがわれる。また、同評論において述べている「芸術とは人生に最も近いものである。芸術は、私たちの個人的運命の境界を越えて、私たちの経験を拡大し、仲間との接触を広げる方法である」（*Essays*, p.271）という言葉においても、芸術と人生との密接な関連、経験や共感を拡大する芸術の機能についてのエリオットの基本的な考え方が見られる。このようなエリオットの芸術観にそって、『ミドルマーチ』と芸術との影響関係を、具体的に見ていこう。

音楽

『ミドルマーチ』のプロローグは「プレリュード」、エピローグは「フィナーレ」という音楽用語によって名づけられていることからも、この作品全体が、楽曲を意識して構成されていることがうかがわれる。作品のプロット構成も、複数の主題が対位法的に進行し、絡み合いながら、全体としてひとつの大きな流れへ合流していくというように、音楽と相似した形をなしている。

作品のなかにも、音楽が演奏される場面や、楽曲名に言及されている箇所がいくつかあるが、テクストに及ぼす影響はさほど大きくないようだ。その理由のひとつは、作中で最も音楽と関わりの深い人物がロザモンドで、彼女は音楽的才能を、技芸をひけらかすための装飾、男性を引きつけ楽しませるための道具としてしか用いていないからである。ポーランド人の音楽教師を父に持つラディスローも、音楽的才能に恵まれているが、彼も娯楽や気晴らしとしてしか、音楽に接していない。この二人は、音楽を共通の趣味として親しくなっていくが、ロザモンドがピアノ伴奏をし、ラディスローが歌っている二重奏の場面は、それを聴く者たちに共感をもたらすことはなく、かえって不調和を生じさせるきっかけになる。

たとえば、カソーボンが発作で倒れたあと、ドロシアが夫の病状について尋ねようと、リドゲイトの家を訪問した場面を見てみよう。使用人から主人が留守であると聞いたドロシアは、夫人に面談を求める。次の一節は、それに続く箇所である。

使用人が伝言に行ったあと、開け放った窓から音楽が聞こえてきた。男性の歌声が聞こえ、ピアノのけたたましいルラードの演奏が続いた。ルラードが急にぴたりと止まったかと思うと、使用人が戻って来て、奥様は喜んでカソーボンの奥様とお会いになるとおっしゃっています、と伝えた。（第43章）

客間に通されたドロシアは、ロザモンドと言葉を交わすうちに、同室にラディスローがいることに気づく。思いがけない場所で出会ったドロシアとラディスローは、互いに戸惑いながら気まずい会話を交わす。ドロシアは、間もなく立ち去るが、リドゲイトに会いに病院へと馬車を走らせる途中、漠然とした不安を覚える。「男性の歌声とピアノ伴奏が、あのときにはさほど気にならなかったのに、いまになって蘇り、心の耳に響いた。そして、ウィル・ラディスローがリドゲイトの留守中に彼の妻とともに時を過ごしていたことを、自分がいぶかしく思っていることに気づいた」とある。彼女の心を乱したのは、夫が不在の場で既婚女性と未婚男性が会っているという状況だけではなかったかもしれない。ルラード（装飾音として挿入された迅速な連続音）という派手な奏法の効果と、この状況との間に、何かそぐわないものを、ドロシアは無意識のうちに感じ取ったのかもしれない。

ドロシアを見送ったあと客間に戻ったラディスローは、苛立ちながら、ロザモンドに向かって、「また別の日にうかがって、『最愛の人から遠く離れて』を最後まで歌うことにさせていただいてもよろしいでしょうか？」と尋ねる。この発言から、ドロシアが部屋に入って来たとき、二人が演奏していたのは、「最愛の人から遠く離れて」という歌曲だったことがわかる。テクストの注釈によれば、これは、イタリアの作曲家ジュゼッペ・サルティ（一七二九～一八〇二）のオペラ『ジュリオ・サビーノ』（一七八一）のなかのアリアである。『ジュリオ・サビーノ』は、一八世紀の終わりごろ、イギリスをはじめヨーロッパ各国で上演された人気のあるオペラで、古代ローマ帝国の属領ガリアを舞台とした物語である。ガリア人の貴族ジュリオ・サビーノは、皇帝の軍に敗れたのち、城の廃墟の地下に九年間隠れ続けるが、彼の忠実な妻エポニナは、夫に尽くし続ける。皇帝の息子ティートは、エポニナを愛するようになるが、サビーノが見つかって投獄されたのち、敵夫婦の忠誠に心動かされて、寛大な処置をとる、という内容である（Sadie, pp.437-38）。ラディスローが歌っていたジュリオのアリアは、愛しい人から遠く離れていたら、自分は苦しみの海のなかにいるかのごとく、もはや生きていくことができないという切ない想いを歌ったものだ（岡村編『イタリア歌曲集 3』楽曲一〇〇―〇三頁、歌詞対訳一七四頁参照）。ラディスローは、ドロシアへの想いを重ね合わせて歌っていたかもしれないが、ドロシアには、彼がロザモンドへの恋慕を歌っているようにとれたかもしれない。それゆえ、ドロシアは、「それまで澄みわたっていたウィルのイメージが、なぜか曇ってしまった」ように感じたのであろう。

この出来事のヴァリエーションのような場面が、のちに繰り返される。リドゲイトが借金の圧迫に苦しみ、その対処に追われて、疲れきって帰宅する箇所である。

廊下を歩いて客間に向かって行くと、ピアノの音と歌声が聞こえてきた。ラディスローが来ているのだということは、もちろんわかった。…（中略）…リドゲイトは、ラディスローの来訪に対して、特に文句があるわけではなかった。しかし、その瞬間は、わが家の炉辺が占有されていることを迷惑に感じた。彼が扉を開けると、二人は目を上げて彼のほうを見はしたが、歌を中断しようとはせず、そのままクライマックスにさしかかっていった。

リドゲイトのように馬車馬のごとく働いている人間にとって、その日さんざん骨を折ったあげく、まだ先にも苦労が待ち構えているような思いで帰宅したときに、二人の人が彼のほうを向いて声を震わせながら歌っているさまを見るのは、決して慰めにはならなかった。いつもより青ざめていた彼の顔は、部屋を横切って椅子にどさっと座ったときに、苦々しい表情になっていた。

あと三小節で終わるのだからと思って歌いきった二人は、やっと彼のほうを振り返った。

（第58章）

リドゲイトは、妻とラディスローの関係を少しも疑っているわけではない。しかし、疲れきった彼の心に、二人の演奏は心に響かなかったばかりか、苛立ちを掻き立てた。それは、夢中でクライマックスにさしかかり、帰宅したその家の主の存在を無視して、きりのいいところまで歌いきろうとする演奏者たちの態度が、無神経で、その場の状況に調和していなかったからである。ここでは、二人が歌っていた曲名は不明であるが、外から部屋に入って来た者にとって、戯れの音楽の盛り上がりが不快をもたらすという点で、この場面は、以前ドロシアを不安にさせた演奏の場面と呼応し合っている。共演者間での親密感が増すだけで、それを聴く者との間に共感の断絶を生じさせるような音楽。それは、芸術とは共感を拡大するものであるべきだとするエリオットの観念に照らすなら、偽物の芸術と見なされるだろう。

美術

『ミドルマーチ』において、最も美術的イメージと結びつけて描かれている人物は、ドロシアである。なぜなら彼女は、しばしば絵画や彫刻などによって芸術的に表現されてきた人物に譬えられているからである。その大部分が聖女であることから、彼女が宗教的色彩の濃い人物であることが、視覚的に印象づけられる。

まず、プレリュードとフィナーレにおいて、ドロシアは「聖テレサ」と結びつけられてい

【図1】
《アビラの聖テレサ》ルーベンス作

【図2】
《聖テレサ》部分　フランソワ・ジェラール作

る。【図1】のルーベンスによる肖像は年配のころの、【図2】のフランソワ・ジェラールによる肖像は若いころの聖テレサを描いたものだが、ともに修道女の姿で、真摯な鋭い眼差しが目立つ。教団を改革して修道院を設立するに至るまで険しい道を歩んだ女性の、強い志と意志力、そして熱意が、そこには感じられる。エリオットは、女主人公がこのような精神の流れを汲む女性であることを、印象づけたかったのだろう。

ドロシアとカソーボンが婚約したあと、ブルック家で晩餐会が催される。パーティーの会場にいるドロシアの様子は、次のように描かれている。

> 大勢の人のなかにいるときドロシアは、肖像画に描かれた聖バルバラが、塔から晴れた空を眺めている姿を彷彿とさせるような、落ち着き払った雰囲気を醸し出していることがあった。しかし、このような物静かなときがあるからこそ、彼女がいったん外部の刺激に触れたとき、その話し方の力強さや感情の激しさが、いっそう際立つのだ。（第10章）

聖バルバラは、ローマ皇帝マキシミアヌスの治世（在位二八六―三〇五、三〇六―一〇）のころに実在した殉教者とされる。彼女は類い稀な美貌により多くの男性から求愛されたため、ニコメディア地方の大地主である父親は高い塔を建て、娘を侍女とともに監禁する。しかし、侍女の感化によってバルバラはキリスト教に改宗し、これに激怒した父によって、拷問を受けたあげく処刑される（植田、七九―八二頁）。聖バルバラは、さまざまな画家たちによって描かれていて、【図3】のヤン・ファン・エイク作の絵はそのなかのひとつである。この絵の背後にある塔に三つの窓があるのは、キリスト教の三位一体を象徴する。バルバラの膝の上には祈禱書が置かれ、彼女が手にした木の枝は死に対する勝利を象徴する。ここでドロシアが聖バルバラに譬えられているのは、彼女があたかも塔のなかに閉じ込められて育った乙女のように、世の中を知らない無垢な女性の雰囲気を備えていたためだろう。しかし彼女は、塔の外の広い精神世界を知ったあとのバルバラがそうであったように、いったん外部の刺激に触れたら、自分の新しい生き方を貫くだけの内面の強さを秘めた女性であるという予兆も、その雰囲気のなかにはこめられている。カソーボンと婚約したドロシアを、殉教者に譬えるところには、かすかな皮肉が含まれているようでもある。

【図3】
《聖バルバラ》ヤン・ファン・エイク作

ドロシアとカソーボンが新婚旅行でローマに滞在していたとき、ちょうどバチカン宮殿の展示物を観覧していたラディスローとその友人の画家ナウマンは、「横たわるアリアドネ像」を眺めているドロシアの姿を見かける。この像（【図4】）は、「当時、クレオパトラ像と呼ばれていた官能的な趣の大理石像」で、二人の男たちは、大理石像の近くの台座にもたれて立っているドロシアの姿が、像と対照をなしていることに、感銘を受ける。ドロシアがその場を去ったあと、ナウマンはラディスローに向かって、次のように述べる。

「そこに横たわっているのは、古代の美で、死んでいても死体のようには見えない。感性に訴えかけ、満足させる完璧な姿のまま捉えられている。一方、こちらに立っているのは、息づいている生きた美で、その胸には、何世紀にもわたるキリスト教の意識が秘められている。それにしても、彼女は尼僧の服装をすべきだよ。いわゆるクエーカー教徒といった雰囲気だね。僕が絵に描くとしたら、彼女に尼僧の服装をさせるよ。ところが、彼女は結婚しているんだ！　綺麗な左手に結婚指輪をしていたからね。そうでなければ、ぼくはあの血色の悪い牧師さんを、彼女の父親だと思っただろう。だいぶん前に、その人が彼女から離れて行くところを見たんだ」（第19章）

カソーボンが図書館で調べ物をするために立ち去ったあと、ひとり取り残されたドロシアは、悲しげな表情を浮かべていた。ナウマンが指摘するとおり、清楚な装いに身を包んでいるその悲しげな姿は、大理石でありながらも優美な衣装に身を包み、官能的な姿態で横たわっている彫像と、際立ったコントラストをなしていたのである。これをきっかけに、ドロシアの絵を描きたいという欲求に駆られたナウマンは、ラディスローが彼女の親戚だと知ると、絵を描く機会を作るようにと頼み込む。そこで、表向きはカソーボンに聖トマス・アクィナスのモデルになってほしいと依頼し、合間にドロシアのスケッチを描くという計画が立てられる。ナウマンはドロシアに向かって、「聖クララのポーズをしていただきたいのです――こんなふうにもたれかかって、頬に手を当てて――あの椅子のほうを見ていただけますか」（第22章）と言う。つまり彼は、バチカン宮殿で彫像を眺

【図4】
《横たわるアリアドネ》　古代ローマの彫刻。メディチ家の別荘ヴィラ・メディチに飾られていた。

【図5】
《アッシジの聖クララ》アッシジのサン・フランチェスコ聖堂のフレスコ画。シモーネ・マルティーニ作

めていたときのドロシアのポーズを再現して、聖クララ像を描こうとしていたのである。聖クララ（一一九四〜一二五三）は、両親から裕福な男に嫁がされそうになったとき、家出して、聖フランチェスコの指導を仰ぐ。彼女は、修道生活に入る誓いの証として、髪を短く切り、粗末な服装をしたことで知られる。【図5】のシモーネ・マルティーニによる肖像画からもうかがわれるとおり、聖クララの服装は粗末で、その表情は硬い。したがって、この挿話は、新婚旅行中のドロシアが、初めて彼女を見た画家の目には、花嫁としては違和感があり、生命の喜びからほど遠い禁欲的な姿に映ったことを、イメージとして焼きつける効果がある。

作品の後半では、ドロシアが美術の古典作品と結びつけて描かれることはなくなる。それは、彼女が次第に聖女のイメージから解き放たれ、生身の人間へと変貌していくことを暗示しているのかもしれない。

映像作品

『ミドルマーチ』が書かれた当時は、映画もテレビも存在しなかったため、この小説が映像作品から影響を受けることはなかった。しかし、後世の映像作品に影響を与えうるという点では、広い意味で、この作品も映像的な間テクスト性を含んでいると言えるだろう。

当然のことながら、小説の映像化は一種の翻案であり、芸術的には原作とは別個の作品であるが、原作との間に濃厚な間テクスト性を持つ。そこで、この『ミドルマーチ』の映像作品を取り上げてみたい。

エリオットの小説は、語りの声が支配的で、テクストの随所に注釈や思索が織り込まれているため、一般の小説よりも映像化が難しいという特性があるようだ。現時点では、『ミドルマーチ』はまだ一度も映画化されていないが、テレビドラマ化は二度行われている。一度目は、一九六八年、BBCにより、放映された短期連続ドラマシリーズ『ミドルマーチ』(ジョウン・クラフト監督作品)。二度目は、一九九四年、BBCが再度ドラマ化したもので、アンドリュー・デイヴィス脚本、ルイス・マークス製作、アンソニー・ペイジ監督によるこのテレビドラマ『ミドルマーチ』は、商業的に大成功したばかりではなく、ロケーションや時代考証に細心の注意を払って製作することにより、古典作品のドラマ化に対する一般大衆の興味を蘇らせたという点でも、注目すべき重要な作品である。六回にわたるドラマ(放映時間三七五分）は、ゴールデンアワーに放映され、第一回の視聴者数は五六五万人、各回の平均視聴者数は五百万人を超え、大ヒットとなった（詳細については、廣野訳『ミドルマーチ4』読書ガイド3参照）。

この二作目のBBCドラマを取り上げ、映像表現という観点から例を挙げて、原作と比較してみたい。ストーリーは原作にほぼ忠実に描かれ、ヒューマンドラマ仕立てとなっている。時間の制約上、コンパクトにまとめるため、省略されている挿話や登場人物があったり、筋立てに多少変更が加えられたりしている部分もあるが、ここではそれについては特に取り上げない。

カソーボンが画家ナウマンから依頼されて、聖トマス・アクィナスのモデルになる場面があるが、原作では、ドロシアもラディスローもアトリエに同席している（第22章）。それに対して、テレビドラマでは、【図6―2】のように、カソーボンはモデルになりながらも、室外でドロシアとラディスローが会話している様子を、窓越しに時々ちらちら見ながら、若い二人の関係が気になってしかたがないというさまが描かれている。二人の会話の内容は、視聴者には聞こえるが（【図6―1】）、遠く離れているカソーボンには聞こえない。カソーボンの視点から見た遠景（【図6―3】）は、彼の嫉妬が芽生える心理を、映像的に表現していると言えるだろう。

リドゲイトは、ロザモンドの贅沢な暮らしのために、経済的に困窮していくが、はじめは妻になかなか悩みを打ち明けることができない。テレビドラマでは、ロザモンドが服飾品をたくさん買い物して帰り、気に入った美しい布地をリドゲイトに見せてはしゃぐ場面がある。リドゲイトは、妻の浪費癖に一瞬戸惑いを見せながらも、その布の端をつかんで引っ張りな

【図6－1】

【図6－2】

【図6－3】

【図7－1】

【図7－2】

がら、彼女を引き寄せ、「君はぼくを破滅させるだろう」と微笑みながら言う（【図7―1】【図7―2】）。このような場面は原作にはないが、リドゲイトが、物欲に駆られたロザモンドに抗しきれず、自ら災いを引き寄せているさま、そして、この夫婦のつながりが金銭によって購われるものであることが、象徴的に映像化されているシーンだと言えるだろう。

ラディスローとロザモンドの親密な場面に遭遇し、衝撃を受けたドロシアが苦悶の一夜を過ごしたあと、明け方に窓から外の景色を見て開眼する場面が、原作にある。「入口の門の向こうには、牧場が見渡せた。道には、荷物を背負った男と、赤ん坊を抱いた女がいた」（第80章）という原作のイメージは、テレビドラマでもほぼ忠実に再現されているが、【図8】

のようにドロシアは室内ではなく戸外でたたずみ、通り過ぎる男女と直接言葉をかけ合う。自分も大きな世界の一部なのだと悟ったドロシアが、「贅沢な隠れ場から、たんなる傍観者としてそれを眺めているわけにはいかない」という思いを、早速実践して、人々に働きかけているさまが、映像からはうかがわれる。

【図8】

ドラマの途中には語り手の声はなく、その例外は、結末でそれぞれの人物のその後について述べられるナレーションのみである。しかし、原作の語り手の言葉が、登場人物の台詞のなかに反映されている場合もある。そのような例として、注目すべき箇所をひとつ挙げておきたい。テレビドラマの最終回、第6部の終わり近くで、疑惑に巻き込まれたリドゲイトを助けたドロシアが、リドゲイトと二人で道を歩く【図9】のシーンがある。ドロシアは、リドゲイトに向かって次のように述べる。

「私は時々、朝早く目が覚めて、ひとりで外に出たとき、草のなかで動き回っているすべての生き物たちの泣き声が聞こえるような気がします。世界は苦しみで満ち溢れていますわ。私にはそれが、沈黙の彼方で押し殺された叫びのように思えるのです。もしそれがすべてわかるほど、私たちの感覚が鋭かったとすれば、その痛みでやられてしまうでしょう。私たちはそれほど敏感でないことを感謝して、どんなにわずかなことでも、自分の仲間たちを助けるために自分にできることをするべきだと、私は思います」

これに対して、リドゲイトは黙って耳を傾け、返事を返さない。独白のようなこの台詞は、前後関係からやや浮き立っているように聞こえなくもない。しかし、作品のテーマがこの言葉に結実しているという解釈に基づいた大胆な方法とも言えるだろう。この「沈黙の彼方」(the other side of silence) という言葉の出所は、原作では、前半にある。ドロシアがローマでの新婚旅行中に、勉学にいそしむ夫カソーボンに取り残され、ひとり涙にくれる箇所で、語り手は次のように述べる。

【図9】

悲劇の要素は、頻繁に起きる事実のなかにも潜んでいるが、人間のきめの粗い感情は、それを悲劇として捉えることができない。私たちの身体は、そんな悲劇にいちいち耐えていけるようにはできていないのだろう。私たちがふつうの人間の生活のすべてに対して鋭い洞察力や感性を持っていたら、草の育つ音や、リスの心臓の鼓動まで聞こえて、沈黙の彼方でどよめく音に耐えられず死んでしまうだろう。実際にはそうでないからこそ、私たちのうち最も敏感な者でも、鈍感さに耳をふさがれて、歩きまわっていられるのだ。（第20章）［傍点は筆者による］

エリオットが用いた「沈黙の彼方」という言葉は、最近では南アフリカの小説家アンドレ・ブリンク（一九三五〜二〇一五）の『沈黙の彼方』（二〇〇二）にも見られるように、無数の文学作品のタイトルや題辞として、今日まで用いられている。その言葉の含む意味自体は、もはや原作のコンテクストから大きく離れて新しい意味を帯び、多様化しているが（Dolin, p.228）、引用句として広く用いられているという点において、『ミドルマーチ』が豊かな間テクスト性を含んでいることを示す証左のひとつと言えるだろう。

＊　＊　＊

この一節でエリオットが語り手の言葉をとおして述べているのは、もし生きとし生けるものの声がすべて聞こえたなら、私たちの感性はそのどよめきに耐えきれないだろう、という想いである。「悲劇」という言葉が用いられているとおり、エリオットの念頭にあるのは、苦悩の声であるようだ。しかし、私たちの耳に届かない彼方の声のなかには、苦悩にかぎらずさまざまな想いが込められたものがあるだろう。

ひるがえって考えてみると、文学とはまさに、エリオットがここで「沈黙の彼方でどよめく音」と表現しているものを前景化したものではないだろうか。読者が作品に触れている間、そのような通常の人間には聞こえない声が聞こえる繊細な感性を、一時的に私たちに付与しようとする存在が、文学のなかに溢れている声なのだと言えるだろう。それを聞き取ること、つまり、文学的な体験とは、私たちの感性に言葉が突き刺さり、必ずしも快いとは言えない刺激をもたらすものであることを、エリオットは暗示している。

ともかく快・不快は別として、文学には私たちの共感を拡大してくれる力がある。共感を拡大するには、まずは、作品に含蓄されたものを読み取るために、知性と感性を研ぎ澄まさなければならない。小説を読むための技法と教養を身に着けることは、その一助となるだろう。

あとがき

昨年、中公新書『批評理論入門』（二〇〇五年刊行）の姉妹篇を、というお話を編集部の吉田亮子さんからいただいたとき、私はちょうどジョージ・エリオットの小説『ミドルマーチ』1〜4（光文社古典新訳文庫）の最終巻の翻訳作業の終わりに近づいていたところだった。頭のなかには、二年間かけて訳したり校正したりしながら読み続けていた『ミドルマーチ』の内容がほぼすべて入っていたので、これを材料に使わないわけにはいかなかった。もちろん、そうした個人的事情は度外視しても、この作品が小説の読み方について論説するうえでまたとない絶品であったことは、言うまでもない。企画にあたって本書でねらいとしたことについては、「まえがき」で述べたとおりである。

本書の刊行の発端となった前著『批評理論入門』について、この場でひと言述べておきたい。刊行後、すでに十六年の歳月がたったが、その間、拙著ははからずも私に多くの出会いをもたらしてくれた。副題「『フランケンシュタイン』解剖講義」とあるとおり、解説の材料としてメアリ・シェリーの『フランケンシュタイン』を用いたことがきっかけで、拙著を読んでくださった各方面の方々から、『フランケンシュタイン』に関する多くの企画やイベントにお招きいただいた。テレビ番組・講演・シンポジウム・座談会などへの出演や、論文執筆、関連映画の解説など、さまざまな仕事をいただく機会に恵まれることになった。そして、何よりもありがたいのは――幸い、初版以来コンスタントに重版が続いていることから、そのように推測しているのだが――いまだに新たに手に取ってくださる読者が存在するということだ。

望むらくは、前著とともに本書も、小説の読み方の手引きとして、読者に役立てていただければ、嬉しい。そして、これをきっかけにジョージ・エリオットの『ミドルマーチ』というすばらしい作品と出会う人々の数が増えれば、これに勝る喜びはない。しばしばトルストイの『戦争と平和』や『アンナ・カレーニナ』とも並び称せられ、プルーストをはじめ各国の作家たちに影響を与え、世界文学としても評価の高いこのイギリス小説が、日本においてもさらに親しまれるようになることを願う次第である。

最後に、本書の企画から出版に至るまで一方ならずお世話になった吉田さんに、心よりお礼申し上げたい。

二〇二一年二月

廣野由美子

（編）、南雲堂、2007
――『ミステリーの人間学――英国古典探偵小説を読む』岩波新書、2009
――『一人称小説とは何か――異界の「私」の物語』ミネルヴァ書房、2011
――『100分de名著　メアリ・シェリー　フランシュタイン』NHK出版、2015
――「「不運」の美学――『帰郷』に見られるハーディ文学の特質」英国小説研究同人『英国小説研究』No.25、英宝社、2015
フランクル、ヴィクトール・E『時代精神の病理学――心理療法の26章』（フランクル著作集3）、宮本忠雄（訳）、みすず書房、1961
――『夜と霧』池田香代子（訳）、みすず書房、2002
――『〈生きる意味〉を求めて』、諸富祥彦（監訳）、春秋社、1999
フロイト『ドストエフスキーと父親殺し／不気味なもの』中山元（訳）、光文社古典新訳文庫、2011
マルクス『資本論（一）』エンゲルス（編）、向坂逸郎（訳）、岩波文庫、1969
ルソー『エミール（上・中・下）』今野一雄（訳）、岩波文庫、1962-64

［＊その他、本文中で例示した文学作品や、参照した辞典・事典類については、省略する。］

Ruskin, John. *Modern Painters*. Vol.3. London: Smith, Elder, and Co., 1856.
アリストテレス『詩学』三浦洋（訳）、光文社古典新訳文庫、2019
川口喬一・岡本靖正（編）『最新文学批評用語辞典』研究社、1998
ツヴェタン・トドロフ『幻想文学論序説』三好郁朗（訳）、東京創元社、1999
ミハイル・バフチン『小説の言葉』伊東一郎（訳）、平凡社ライブラリー、1996

5．その他の参考文献

Bowlby, John. *The Making and Breaking of Affectional Bonds*. 1989; rpt. London and New York: Routledge, 2005.
Brown, Julia Prewitt. *A Reader's Guide to the Nineteenth-Century English Novel*. New York: Macmillan, 1985.
Darwin, Charles. *On the Origin of Species*. 1859; rpt. London: Penguin, 2009.
Feuerbach, Ludwig. *The Essence of Christianity*. Translated by George Eliot. 1854: rpt. New York: Cambridge UP, 2012.
Nussbaum, Martha C. *Love's Knowledge: Essays on Philosophy and Literature*. New York: Oxford UP, 1990.
Sadie, Stanley (ed.). *The New Grove Dictionary of Opera*. Vol.2. 4vols. London: Macmillan, 1992.
今井猛嘉・他『刑法総論』第二版、有斐閣、2012
植田重雄『守護聖者――人になれなかった神々』中公新書、1991
岡村喬生（編）『イタリア歌曲集　3（中声用）』第二版、全音楽譜出版社、2013
武田美保子『〈新しい女〉の系譜――ジェンダーの言説と表象』彩流社、2003
田中孝信「〈新しい男〉の生成――男女の新たな関係を巡る葛藤」『ディケンズとギッシング』松岡光治（編）、大阪教育図書、2018
廣野由美子『十九世紀イギリス小説の技法』英宝社、1996
――『批評理論入門――『フランケンシュタイン』解剖講義』中公新書、2005
――「ハード・タイムズ」『ディケンズ鑑賞大事典』西條隆雄・他

vols. Mountfield: Helm Information, 1996.
James, Henry. (Unsigned Review) "*Middlemarch*." *Galaxy*, XV, March 1873, in Hutchinson (ed.), Vol.1, 485-91.
Leavis, F. R. *The Great Tradition*. 1948; rpt. Harmondsworth: Penguin, 1962.
Levine, George (ed.). *The Cambridge Companion to George Eliot*. Cambridge: Cambridge UP, 2001.
Rignall, John (ed.). *Oxford Reader's Companion to George Eliot*. Oxford: Oxford UP, 2000.
Swinden, Patrick (ed.). *George Eliot: Middlemarch*. Casebook series. London: Macmillan, 1972.
廣野由美子「ジョージ・エリオット文学における〈啓蒙〉の行方——前期三作品に見る宗教の再構築」京都大学大学院人間・環境学研究科英語部会『英文学評論』第86集、2014
——「ジョージ・エリオット文学における実存思想——フランクル心理学との接点」『文藝禮讃——イデアとロゴス』大阪教育図書、2016
——「「沈黙の彼方」より——George Eliotの劇詩"Armgart"における声と*Middlemarch*の語りの方法」京都大学大学院人間・環境学研究科英語部会『英文学評論』第93集、2021
[DVD] *Middlemarch*. Screenplay by Andrew Davies. Produced by Louis Marks. Directed by Anthony Page. BBC Worldwide Ltd, 2001.

4. 文学批評・小説技法関連資料

Boulton, Marjorie. *The Anatomy of the Novel*. London: Routledge & Kegan Paul, 1975.
Forster, E. M. *Aspects of the Novel*. Edited by Oliver Stallybrass with an Introduction by Frank Kermode. 1927; rpt. London: Penguin, 2005.
Lodge, David. *The Art of Fiction*. London: Penguin, 1992.
Lubbock, Percy. *The Craft of Fiction*. 1921; rpt. London: Jonathan Cape, 1954.
Pool, Daniel. *What Jane Austen Ate and Charles Dickens Knew: From Fox Hunting to Whist——The Facts of Daily Life in 19th-Century England*. New York: Simon & Schuster, 1993.

Penguin, 1998.
——. *Adam Bede*. 1859; Harmondsworth: Penguin,1985.
——. *The Mill on the Floss*. 1860; Harmondsworth: Penguin, 1985.
——. *Silas Marner*. 1861; London: Penguin, 1996.
——. *Romola*. 1863; Harmondsworth: Penguin, 1996.
——. *Felix Holt: The Radical*. 1866; London: Penguin, 1995.
——. *Daniel Deronda*. 1876; Harmondsworth: Penguin, 1986.
——. *Essays of George Eliot*. Edited by Thomas Pinney. London: Routledge, 1963.
——. *The George Eliot Letters*. Edited by Gordon S. Haight. 9 vols. New Haven: Yale UP, 1954-78.

３．『ミドルマーチ』関連資料

Anderson, Amanda and Harry E. Shaw (eds.). *A Companion to George Eliot*. West Sussex: John Wiley & Sons, 2013.
Billington, Josie. *The Connell Guide to George Eliot's Middlemarch*. Wiltshire: Connell Guides, 2012.
Carroll, David (ed.). *George Eliot: The Critical Heritage*. London: Routledge & Kegan Paul, 1971.
Cowley, Julian. *Middlemarch*. York Notes Advanced series. London: York, 2000.
Dolin, Tim. *George Eliot*. Author's in Context series. Oxford: Oxford UP, 2005. [ティム・ドリン『ジョージ・エリオット』廣野由美子（訳）、彩流社、2013]
Haight, Gordon S. *George Eliot: A Biography*. Oxford: Oxford UP. 1968.
Hardy, Barbara. *The Novels of George Eliot: A Study in Form*. London: Athlone, 1959.
Harris, Margaret (ed.). *George Eliot in Context*. Cambridge: Cambridge UP, 2013.
Harvey, W. J. *The Art of George Eliot*. London: Chatto & Windus, 1961.
Hirono, Yumiko. "The Fateful Moments: The Principle of Plot in *Middlemarch*." 日本ジョージ・エリオット協会『ジョージ・エリオット研究』創刊号、1999
Hutchinson, Stuart (ed.). *George Eliot: Critical Assessments*. 4

参考文献

1．『ミドルマーチ』テクスト

Eliot, George. *Middlemarch*. Edited with an Introduction and Notes by Rosemary Ashton. London: Penguin, 1994.

——. *Middlemarch*. Edited by Bert G. Hornback. Norton Critical Edition. London: Norton, 2000.

——. *Middlemarch*. Edited with Notes by David Carroll. New Edition. Oxford: Oxford UP, 2019.

ジョージ・エリオット／工藤好美・淀川郁子（訳）『ミドルマーチⅠ・Ⅱ』講談社世界文学全集、講談社、1975［同書の講談社文芸文庫版、1998］

ジョージ・エリオット／廣野由美子（訳）『ミドルマーチ 1』光文社古典新訳文庫、2019［読書ガイド：①作家の人生　②時代背景　③小説の舞台　④プレリュード「テレサ」のテーマ　⑤階級と金銭　⑥宗教について　⑦カソーボンの研究とは何か　⑧各章の題辞について］

——『ミドルマーチ 2』光文社古典新訳文庫、2019［読書ガイド：①語り手について　②科学について　③政治事情　④職業観　⑤因果律と「織物」のイメージ　⑥女性と結婚］

——『ミドルマーチ 3』光文社古典新訳文庫、2020［読書ガイド：①登場人物の相関関係　②プロットの交差　③医療事情　④新聞事情　⑤鉄道と旅　⑥家具・調度品のイメージ］

——『ミドルマーチ 4』光文社古典新訳文庫、2021［読書ガイド：①偽善者の罪と罰　②〈沈黙の彼方〉の声を求めて　③『ミドルマーチ』の翻案　④英文学の伝統　⑤世界文学としての『ミドルマーチ』］

ジョージ・エリオット／荻野昌利（訳）『ミドルマーチ（前編・後編）』大阪教育図書、2020

2．エリオット作品（『ミドルマーチ』以外）

Eliot, George. *Scenes of Clerical Life*. 1857; Harmondsworth:

●ワ行

●マ行

●ヤ行

●ラ行

●タ行

●ナ行

●ハ行

索 引

●サ行

索引

◎作品名は、作者がわかる場合、作者名の下位区分とした。
◎節として取り上げた項目については、当該節のページ全体をイタリック体で示した。

廣野由美子（ひろの・ゆみこ）

1958年生まれ．1982年，京都大学文学部（独文学専攻）卒業．1991年，神戸大学大学院文化学研究科博士課程（英文学専攻）単位取得退学．学術博士．現在，京都大学大学院人間・環境学研究科教授．英文学，イギリス小説を専攻．1996年，第４回福原賞受賞．

著書『批評理論入門――『フランケンシュタイン』解剖講義』（中公新書）
『深読みジェイン・オースティン――恋愛心理を解剖する』（NHK出版）
『謎解き「嵐が丘」』（松籟社）
『ミステリーの人間学――英国古典探偵小説を読む』（岩波新書）
『一人称小説とは何か――異界の「私」の物語』（ミネルヴァ書房）
『視線は人を殺すか――小説論11講』（ミネルヴァ書房）
『十九世紀イギリス小説の技法』（英宝社）
ほか

訳書 ジョージ・エリオット『ミドルマーチ』１～４（光文社古典新訳文庫）
ティム・ドリン『ジョージ・エリオット』（彩流社）
ほか

小説読解入門（しょうせつどっかいにゅうもん）
中公新書 *2641*

2021年４月25日発行

著　者　廣野由美子
発行者　松田陽三

本文印刷　暁印刷
カバー印刷　大熊整美堂
製　本　小泉製本

発行所　中央公論新社
〒100-8152
東京都千代田区大手町1-7-1
電話　販売 03-5299-1730
　　　編集 03-5299-1830
URL http://www.chuko.co.jp/

Published by CHUOKORON-SHINSHA, INC.
Printed in Japan　ISBN978-4-12-102641-5 C1290

中公新書刊行のことば

いまからちょうど五世紀まえ、グーテンベルクが近代印刷術を発明したとき、書物の大量生産は潜在的可能性を獲得し、いまからちょうど一世紀まえ、世界のおもな文明国で義務教育制度が採用されたとき、書物の大量需要の潜在性が形成された。この二つの潜在性がはげしく現実化したのが現代である。

いまや、書物によって視野を拡大し、変りゆく世界に豊かに対応しようとする強い要求を私たちは抑えることができない。この要求にこたえる義務を、今日の書物は背負っている。だが、その義務は、たんに専門的知識の通俗化をはかることによって果たされるものでもなく、通俗的好奇心にうったえて、いたずらに発行部数の巨大さを誇ることによって果たされるものでもない。現代を真摯に生きようとする読者に、真に知るに価いする知識だけを選びだして提供すること、これが中公新書の最大の目標である。

私たちは、知識として錯覚しているものによってしばしば動かされ、裏切られる。私たちは、作為によってあたえられた知識のうえに生きることがあまりに多く、ゆるぎない事実を通して思索することがあまりにすくない。中公新書が、その一貫した特色として自らに課すものは、この事実のみの持つ無条件の説得力を発揮させることである。現代にあらたな意味を投げかけるべく待機している過去の歴史的事実もまた、中公新書によって数多く発掘されるであろう。

中公新書は、現代を自らの眼で見つめようとする、逞しい知的な読者の活力となることを欲している。

一九六二年一一月

中公新書 1886

哲学・思想

- 1 日本の名著（改版） 桑原武夫編
- 2187 物語 哲学の歴史 伊藤邦武
- 2378 保守主義とは何か 宇野重規
- 2522 リバタリアニズム 渡辺 靖
- 2591 白人ナショナリズム 渡辺 靖
- 2288 フランクフルト学派 細見和之
- 2300 フランス現代思想史 岡本裕一朗
- 2036 日本哲学小史 熊野純彦編著
- 832 外国人による日本論の名著 佐伯彰一・芳賀 徹編
- 1696 日本文化論の系譜 大久保喬樹
- 2097 江戸の思想史 田尻祐一郎
- 2276 本居宣長 田中康二
- 2458 折口信夫 植村和秀
- 2535 事大主義—日本・朝鮮・沖縄の「自虐と侮蔑」 室井康成
- 1989 諸子百家 湯浅邦弘
- 36 荘 子 福永光司
- 1695 韓 非 子 冨谷 至
- 1120 中国思想を考える 金谷 治
- 2042 菜 根 譚 湯浅邦弘
- 2220 言語学の教室 西村義樹・野矢茂樹
- 1862 入門！論理学 野矢茂樹
- 448 詭弁論理学（改版） 野崎昭弘
- 593 逆説論理学 野崎昭弘
- 1939 ニーチェ—ツァラトゥストラの謎 村井則夫
- 2594 マックス・ウェーバー 野口雅弘
- 2597 カール・シュミット 蔭山 宏
- 2257 ハンナ・アーレント 矢野久美子
- 2339 ロラン・バルト 石川美子
- 674 時間と自己 木村 敏
- 1829 空間の謎・時間の謎 内井惣七
- 814 科学的方法とは何か 浅田彰・黒田末寿・佐和隆光・長野敬・山口昌哉
- 2176 動物に魂はあるのか 金森 修
- 2495 幸福とは何か 長谷川 宏
- 2505 正義とは何か 神島裕子
- 2203 集合知とは何か 西垣 通

中公新書

言語・文学・エッセイ